Karel Klostermann · Der Sohn des Freirichters

Karel Klostermann

Der Sohn des Freirichters
Böhmerwald-Geschichten

Aus dem Sammelband
»V srdci šumavských hvozdů«

herausgegeben, übersetzt, kommentiert
und mit einem Nachwort
von
Gerold Dvorak

Verlag Karl Stutz

Die Deutsche Bibliothek – CIP-Einheitsaufnahme

Klostermann, Karel:
Der Sohn des Freirichters / Karel Klostermann. Übers., komm. und
hrsg. von Gerold Dvorak. - 1. Aufl. - Passau : Stutz, 1998
    Einheitssacht.: V srdci šumavských hvozdů <dt.>
    Teilausg.
    ISBN 3-88849-051-0 Gewebe

Erste Auflage 1998
Alle Rechte vorbehalten
© by Verlag Karl Stutz, Passau
Umschlagfoto und -gestaltung
Rudolf Klaffenböck, Passau
Druckvorbereitung: Retlaw Hüttemann, Ruderting
Printed in the Czech Republic
ISBN 3-88849-051-0

Der Sohn des Freirichters

Der Zauberer

»Čaroděj«

Ein paar Jahre ist es schon her, daß es eines Herbst-
abends im Gasthaus eines Dorfes im altehrwürdigen
künischen Böhmerwald besonders lustig zuging. Es ist
erstaunlich, daß in diesen Orten zugleich mit der Not
auch die Anzahl der Gasthäuser wächst. Wer nach
den Ursachen jener Fröhlichkeit geforscht hätte, wäre
kaum zu einem aufschlußreichen Ergebnis gelangt:
Die Ernte drohte nicht gut auszufallen; das Korn war
nicht recht gediehen, der Hafer stand oder lag zum
größten Teil noch auf den Feldern, das Kraut fraßen
die Raupen, und aus den Kartoffeläckern stieg ein
Geruch auf, der bezüglich der Gesundheit von
Drake's gesegneten Früchten, die vorläufig noch in
der Erde steckten, nicht viel Gutes verhieß. Ebensowenig ließ sich behaupten, daß die in den Wäldern
vorhandenen Holzvorräte so reichlich wären, daß
man erwarten konnte, von ihrem Erlös die Zinsen
und Tilgungsraten für die »Bankgelder« zahlen zu
können, mit denen der Großteil der Bauernhöfe und
Häuslerkaten belastet war. Die Preise für das Vieh
waren auf ein geradezu lächerliches Niveau gesunken
– nicht einmal Schafsfelle brachten noch etwas ein, so
daß Jakob Nelkenduft, der »Häutel-Jud« aus der
Kreisstadt, überhaupt nicht mehr heraufkam.

Schade, daß er nicht gekommen war. In der Regel hatte er den Bauern zwei bis drei Gulden hierge-

lassen, von denen die Bäuerinnen nichts wußten, so daß die Möglichkeit bestand, am Sonntag den einen oder anderen Groschen für Bier oder Musikantenhonorare auszugeben. Und den Frauen hatte er auch immer etwas dagelassen, von dem die Männer nichts wußten, womit mancherlei Firlefanz und Tand beschafft werden konnte, den die Familienoberhäupter normalerweise für überflüssig erklärt hätten. So war der eheliche Frieden weder von der einen noch von der anderen Seite gestört worden. Glückselig derjenige, der nicht weiß ...!

Wenn es also trotz all der oben angeführten Mißgeschicke im Wirtshaus so lustig zuging, dann mußte die Ursache dafür anscheinend in dem menschlichen Bedürfnis nach Fröhlichkeit um der Fröhlichkeit an sich liegen, oder in rein persönlichen Beweggründen, die in keinerlei Zusammenhang mit den allgemeinen Verhältnissen standen.

Rein persönlicher Art war z. B. die Fröhlichkeit des Wenzel Wolf, dem das Geschenk der Vorsehung reichte, daß er vierzig Maß zweifelhaften Bieres vertragen konnte, die bei ihm keine andere Wirkung hinterließen, als daß seine Zunge etwas hölzern wurde. Und dazu kann noch angemerkt werden, daß daran nicht die geistigen Getränke schuld waren, die mehr auf die Verdauungs- und Ausscheidungsorgane wirkten als auf das Hirn, sondern die ungeheure Flüssigkeitsmenge, die er unaufhörlich in sich hineinschüttete. Rein persönlicher Art war auch die Fröhlichkeit des alten Girgl, denn sie hatte ihren Ursprung im väterlichen Stolze: Ein Jahr war's erst her, daß man seinen Sohn zum Militär eingezogen hatte, dieses Jahr war noch kaum verstrichen, da war der Sohn schon zum Korporal [Unteroffizier]* aufgestiegen. Je mehr

---

* Anmerkungen in runden Klammern () sind von Klostermann; die in eckigen Klammern [] vom Herausgeber

der alte Girgl trank, desto ausführlicher und lauter berichtete er diese Begebenheit. Als ihm dann niemand mehr zuhörte, verwandelte sich seine Erzählung in einen Monolog, doch der Vaterstolz leuchtete ihm weiter aus den Augen. Dann war noch der Weisskappl-Florian da. Der hatte auch einen Grund zum Fröhlichsein, denn über alle Zweifel erhaben hatte es sich erwiesen, daß seine zweijährige Kalbin größer war und mehr wog, als des Bürgermeisters vierjährige gescheckte Kuh. Leider Gottes war jenem biederen Bürger nicht die Begabung des Wolf-Wenzel zuteil geworden. Nach dem sechsten Glas Bier war er nämlich bereits dermaßen geschafft, daß die Äußerungen seines Stolzes zu einem nahezu unverständlichen Lallen und Grunzen verkommen waren, wobei er seinen Kopf noch mit den Händen abstützen mußte.

Gespräche hin, Gespräche her; sie flogen durch die Wirtsstube, schleppten sich dahin, überschnitten sich; sie waren wirklich interessant, lehrreich, urwüchsig und witzig, es gab aber auch überflüssige und dumme; sie zeugten von Stolz und Stärke, bewiesen jedoch auch die Beschränktheit und Verdrehtheit derjenigen, welche sie von sich gaben.

Der verehrte Leser möge mir verzeihen, wenn ich diese Reden nicht historisch wortgetreu wiedergebe, es fiele zu schwer, den Faden nicht zu verlieren.

»Kopral isser [ist er],« sagte Girgl, »meiner Seel', daß er Kopral ist. Das Jahr war noch nicht ganz vorbei, und schon ist er's g'wesen.«

»Wer von euch verträgt vierz'g Maß Bier?« plärrte Wenzel Wolf; aus seinen Augen sprühten Flammen berechtigten Stolzes. »Ihr vertragt ja nicht mal dreißig, ihr armen Schlucker, ihr ... ihr ... ihr ...«

»Wenn deine allerstärkste Kuh so viel Lebendgewicht hat wie ... meine Kalbin ... die ... mit dem Stern ... die ... zweijährige ... weißt ... zahl' ich dir die ...

vierz'g Maß ... z ...zahl' ich, weißt ... damit du's weißt!« lallte Florian, und seine Augenbrauen hoben sich derart, daß sie fast mit dem zottigen Haarschopf zusammenwuchsen, der ihm in seine niedrige Stirn fiel. Danach verstummte er vollkommen und versank in eine Art von Traum. Wer würde daran zweifeln, daß seine Gedanken bei seiner geliebten Kalbin weilten?

»Habt ihr's g'hört? Kopral isser!« Eine ganze Welt voll Hochachtung lag in dem Ton, mit dem er den Dienstgrad des bereits genannten Würdenträgers aussprach.

Wie sie sich so amüsierten und miteinander unterhielten, erschien plötzlich eine Persönlichkeit, die sie offensichtlich nicht erwartet hatten, deren Kommen eine Sensation darstellte.

»Au corps chétif et jaune comme un vieux sou« (= Ein heruntergekommener Körper und gelb wie ein alter Groschen) – sagt Victor Hugo und beschreibt damit das Erscheinungsbild eines Pariser Stadtstreichers der untersten Kategorie. Es war ein noch junger Mann mit gelbem, schon beinahe bronzefarbenem Gesicht und wenig hellerem als kastanienbraunem, zerzaustem Haar, das ihm bis auf die Augen herabfiel, am Scheitel aber einen großen Schopf bildete. Seine Hände und die zur Hälfte entblößten Arme waren braun wie die Tischplatten in der Schankstube und unterschieden sich in der Farbe nur geringfügig von den kümmerlichen Resten seiner Hemdsärmel, welche eine Schmutzkruste aufwiesen, die aufgrund ihres Alters schon als ehrwürdig bezeichnet werden müßte. Das Attribut »chétif« – heruntergekommen – bezog sich aber nur auf die Umhüllung seines Körpers, keineswegs auf diesen selbst, denn der war sehnig, geschmeidig und prachtvoll gewachsen. Diese Umhüllung erweckte doch tatsächlich den Eindruck, als wäre sie bewußt und äußerst kunstvoll aus einzelnen Stücken der allerverschiedensten Stoffe und Farben komponiert und zusammengenäht worden. Herr Wassertrillink aus Brünn, welcher Zeitungsleser würde sich beim Anblick dieser Erscheinung nicht an Ihre Inserate erinnert fühlen? Was hätten Sie gesagt, wenn Sie diese Sammlung aus allen möglichen Resten gesehen hätten, in der Leinen und Mehlsack, Wolle, Baumwolle und vielleicht sogar Seide einträchtig beisammen waren? Ob Sie in Ihrem Lager wohl noch Reste mit anderen Farben haben als diejenigen, aus welchen sich die Hülle dieses Erdenbewohners zusammensetzte? – Und dabei hätte dessen Gewand an vielen Stellen noch sonstwelche Reste aus Ihrem Laden vertragen, denn trotz der ungeheueren Vielfalt von Lappen und Flicken gab es noch genügend gähnende Löcher zu sehen ...

Über den Zuschnitt dieser Montur werde ich mich nicht weiter auslassen und erkläre es schlichtweg für unmöglich, diesen in seiner Gesamtheit und zugleich in allen Details erfassen zu können. Die blühendste Phantasie des größten Meisters der schneidernden Zunft wäre nicht in der Lage, sich ähnliche Rockschöße, so eine Art von Ärmeln und einen solchen Hemdkragen auszudenken. Was die Beinkleider anbelangt, scheint es, daß zwei Säcke, an die Teile eines dritten angesetzt worden sind, in diesem Falle aus hellerem Leinen, auf überaus praktische Weise das Problem gelöst haben, mit welchem Verfahren besagter Bestandteil der Bekleidung schnellstmöglich angefertigt werden kann. Auf die Arbeit eines Schuhmachers legte der Ankömmling offenbar überhaupt keinen Wert. Wo hätte man auch einen Schuster finden können, der in Bezug auf Wasserdichtheit und Festigkeit etwas

Besseres hätte anfertigen können als das, womit Mutter Natur ihren Liebling ausgestattet hatte? Derartige Fußsohlen hat ganz bestimmt nicht einmal ein Nilpferd oder ein Alligator.

Dieser Mann war freundlich, zu einem gewissen Grad sogar herablassend; er wußte offensichtlich, was für eine echte Sensation sein Kommen bewirkt hatte. Seine Lippen umspielte ein anmutiges Lächeln, wobei eine Reihe wunderschöner weißer Zähne sichtbar wurde. Daß er doch auf sein Äußeres achtete, bewiesen seine sauber rasierten Wangen und der hübsch gestutzte Schnurrbart.

Er war hereingekommen, hatte sich ein bißchen umgeschaut und war dann stolz erhobenen Hauptes zu dem Tisch gegangen, an dem der Bürgermeister und drei höher angesehene Männer saßen, also lauter Honoratioren. Ohne weitere Umstände setzte er sich zwischen sie, diese rückten auch bereitwillig, beinahe ehrerbietig auseinander und machten ihm in ihrem erhabenen Zirkel Platz. Das war umso erstaunlicher, weil unter ihnen ein Großbauer saß, Herr über fünfundzwanzig Stück Großvieh, der für seinen ungeheuren Stolz allgemein bekannt war.

Wie wir also gesehen haben, empfingen sie ihn höflich, bloß die Gläser hielten sie ihm nicht zum Willkommenstrunk entgegen, wie das sonst üblich ist. Aber dieser Mensch beachtete das nicht, ließ sich ein Glas Bier bringen und mischte sich gleich in ihre Unterhaltung mit ein.

Lassen wir ihn, soll er sich unterhalten! Ich werde ihn inzwischen meinen lieben Lesern in aller Form vorstellen. Man nannte ihn Lukas; was sein Beruf war, ist wirklich schwer zu sagen. Er besitzt keinen Grund, wohnt in Miete; er fischt, natürlich nicht in seinen eigenen Gewässern; unter Umständen betätigt er sich auch als Wilderer. Auch als Flößer, Holzhauer, Taglöhner oder Botengänger arbeitet er, freilich immer nur für kurze Zeit. Am allerliebsten macht er nämlich gar nichts, und wenn er mal Geld hat, um Brot kaufen zu können, versteht er es mit einmaliger Virtuosität, es sich bequem zu machen und auszuruhen. Eine Zeitlang kann er auch Hunger ertragen, wenn er keine Kinder hätte, würde er's noch länger aushalten. Er lacht über seine Armut und prahlt sogar damit, daß er seiner Lebtag lang noch nie so viele Gulden auf einmal beisammen gesehen habe, wie er Kinder hat. Er hat nämlich fünf und, das versteht sich, auch eine Frau, sogar eine recht hübsche, welche die Welt vom gleichen philosophischen Standpunkt aus betrachtet wie er selbst. Sie kümmert sich brav um den Haushalt, treibt sich nicht herum und beteiligt sich nicht an den gemeinsamen Spinn-Abenden der anderen Frauen. Es heißt, daß Toilettenfragen sie am Ausgehen hindern; ihre gesamte Garderobe besteht angeblich aus einem Hemd und einem einzigen Rock, der auch schon vor Jahren nicht mehr ganz neu ausgesehen haben soll. Die Bekleidung der Lukas-Kinder soll noch einfacher sein, so einfach, daß das Feigenblatt unserer Ureltern im Vergleich dazu schon als Luxus betrachtet werden müßte. Wo sollte man aber in unserer hinterwäldlerischen Gemeinde auch schon ein Feigenblatt hernehmen? – Diese übergroße Einfachheit der Kleidung seiner Kinder, von denen zwei bereits schulpflichtig sind, verschaffte dem Lukas eine Ausrede, sooft ihn der Herr Bürgermeister traf und in aller Höflichkeit auf das Gesetz hinwies, welches den Besuch der Schule faktisch zur Pflicht macht. Lukas bemerkte dann jedesmal dazu, daß er bei seiner unglaublichen Armut nicht in der Lage sei, seine Kinder dafür entsprechend anzuziehen. Daraufhin pflegte der Herr Bürgermeister zu verstummen, und

Lukas leistete auch weiterhin dem Schulpflicht-Gesetz gegenüber passiven Widerstand.

Lukas ist der allergefährlichste Feind der Forellen; er verfolgt sie überall und das ganze Jahr hindurch. Das Gesetz zum Schutz der Fische war für ihn stets das allergrößte Ärgernis, eine unerhörte Tyrannei; und bei all seinen Expeditionen setzte er seinen ganzen Verstand und seine berühmten Fähigkeiten für ein einziges Ziel ein: den patrouillierenden Gendarmen auszuweichen, über deren Nützlichkeit er höchst sonderbare, ganz und gar negative Ansichten vertrat.

»Warum gehen die denn nicht an die Grenze?« äußerte er sich einmal, »dort wird das Vieh gestohlen, dort wär's nötig, daß sie da wär'n; aber bei uns hier? – Der Blitz müßt' in diese Schikanierer einschlagen! ...«

Als völlig überflüssige Sache erklärte Lukas die Verpflichtung, sein treues Eheweib mit wertlosem Flitter für ihre Toilette zu versorgen. Stattdessen bringt er ihr gern und zu allen möglichen Gelegenheiten die verschiedenartigsten Leckerbissen. Diese vortreffliche, allen weiblichen Eitelkeiten abgeneigte Dame wünscht sich auch gar nichts anderes; schließlich liefert ihr der Mangel an passender Bekleidung auch die erwünschte Entschuldigung dafür, daß sie nicht zur Kirche geht. Der Herr Pfarrer hatte ihr einmal die Schamröte ins Gesicht getrieben, als er sie folgendermaßen angesprochen hatte: »Hört mal, Lukasin, das muß ich Euch einmal sagen. Es heißt, daß Ihr mit dem Mann und fünf Kindern zusammen bloß ein einziges Bett habt. Das ist doch eine Unschicklichkeit, für die Ihr Euch schämen solltet!«

Sie schämte sich auch wirklich. Aber war es denn ihre und ihres Mannes Schuld, daß sie nur ein Bett besaßen, sofern man dieses primitive Brettergestell, das mit Moos, Stroh und ein paar Fetzen bedeckt war, überhaupt als Bett bezeichnen konnte. Dies gab sie auch unverblümt vor dem Herrn Pfarrer zu, sagte ihm aber ebenso offen, daß es dem armen Lukas nicht möglich sei, ein zweites Bett herzurichten. Dafür hätte er weder Bretter noch Stroh, weder Federbetten noch Zeit, und außerdem sei ihre Stube so klein, daß sie auch keinen Platz für ein zweites Bett hätten. Die paar Kreuzer, welche er für die Fische bekomme, brauche er dringend, um sich was zur Stärkung und zum Aufwärmen kaufen zu können. Der Herr Pfarrer sollte mal ausprobieren, was es bedeute, in der Kälte in den Bächen herumzuwaten, dann würde er schon sehen, ob er das ohne was Wärmendes aushalten könnte.

Auf den Einwand des Herrn Pfarrers, daß Lukas ja auch etwas anderes tun könnte, als Fische zu stehlen, antwortete sie naiv: »Das ist halt mal so. Jeder hat seinen Beruf und sein Geschäft. Der Herr Pfarrer predigt, liest die Heilige Messe, tauft und richtet Begräbnisse aus – und der Lukas fängt halt Fische. So will's der Herrgott nun mal haben.«

Ich höre meinen lieben Leser schon fragen: »Wie kommt es denn dann, daß die Bauern dem Lukas so viel Ehre erweisen? Der Lukas ist doch ein armer Teufel, und bei unseren biederen Dörflern in den Bergen ist es doch nicht gerade üblich, die Armen zu ehren.«

Darauf kann ich nur antworten: »Angst ist die Mutter vieler guter Taten«. Diese Waldbauern hatten einfach Angst vor dem Lukas. Von ihm sagte man, daß er allerlei geheime Künste beherrsche, die zwar ihm nicht zu Reichtum verhelfen, ihnen aber schaden könnten. Lukas könne das Vieh verhexen, daß Kühe keine Milch mehr gäben, Ochsen nicht mehr ziehen und Schweine vom Fleisch fallen würden. Es wäre nicht ratsam, ihn zu reizen, denn er würde sich ganz gewiß dafür rächen. Wenn er nicht zaubern würde, könnte er Getreidegarben ins Wasser werfen oder den ausgebreiteten Flachs über die Wiesen verstreuen. Weh' dem, der ihn für solche Untaten verantwortlich machen wollte! – Lukas würde ihm sicherlich Scharen von Mäusen oder anderem Ungetier auf die Felder hexen.

Diese Angst war z. B. der Grund, warum der Bauer, bei dem Lukas in Miete wohnte, es nicht wagte, Lukas die Wohnung aufzukündigen, obwohl der ihm schon lange keine Miete mehr bezahlt hatte und auch die Ursache dafür gewesen war, daß der Bauer eine gerichtliche Hausdurchsuchung über sich hatte ergehen lassen müssen. Es bestand kein Zweifel daran, daß Lukas eine Kündigung als Beleidigung aufgefaßt und dafür dem Vieh seines Hausherrn alle möglichen Krankheiten angehext hätte. Da war es dem Bauern schon lieber, von Lukas keine Miete zu bekommen und seinetwegen gerichtlich angeordnete Hausdurchsuchungen erdulden zu müssen, als zwar ohne Hausdurchsuchungen, aber mit krankem, verhextem Vieh und weiß Gott mit was für anderem Ungemach leben zu müssen.

Freilich, wenn Lukas außer Sichtweite war, und wenn man wußte, daß er nichts erfahren können würde, dann wurden seine wackeren Mitmenschen plötzlich mutig und schmiedeten Ränke und Pläne gegen ihn. Nicht bloß einmal hatten sie schon beraten, wie sie ihn auf gute und geschickte Art loswerden könnten, aber all ihre diesbezüglichen Vorhaben und Intrigen hatten sich als undurchführbar erwiesen. Lukas war ihnen geblieben, und sie hatten sich ihre Köpfe umsonst zerbrochen. -

Doch es wird Zeit, daß wir uns wieder der Gesellschaft zuwenden, bei der wir diesen außergewöhnlichen Menschen haben Platz nehmen lassen.

Der Vollständigkeit halber muß angemerkt werden, daß an jenem denkwürdigen Abend noch ein anderes berühmtes Individuum das Gasthaus mit seinem Besuch beehrt und sich direkt neben den Bürgermeister gesetzt hatte: Ein Mensch wie Quecksilber, mit einem Mundwerk, das wie eine Osterratsche schnarrte. Ein kleines, dürres Männchen, weder alt noch jung, das von einem Wunder nach dem anderen erzählte. Und wie dem alle lauschten! Der Wolf, der Weiskappl, der Girgl, alle, die anwesend waren, hatten aufgehört, über ihre Lieblingsthemen zu reden – den Sohn, der schon Korporal war, die Kalbin und die Biermengen – damit ihnen nur ja kein Wort von diesen Erzählungen entging. Sogar Lukas hörte zu und konnte nicht genug bekommen.

Es war auch kein Wunder. Fünfzehn Jahre war's jetzt her, daß der eben erwähnte Mensch, damals bettelarm, in die Welt hinausgezogen war; und jetzt war er gekommen, wegen seiner zu jener Zeit dreijährigen Tochter, die jetzt achtzehn Lenze zählte. Dazumals hatte er sie bei seiner Schwester gelassen, jetzt wollte er sie nachholen, nach Brasilien, wohin er ausgewandert und wo er glücklich geworden war. Man erzählte über ihn, daß er dort ein großes Vermögen zusammengebracht hätte.

Jetzt berichtete er Wunderdinge und Phantastisches, was er dort gesehen und erfahren hatte. Ein Märchenland, dieses Brasilien! Keine Winter, der Boden unglaublich fruchtbar, köstliche Früchte, einmalig schön die Pflanzenwelt, riesige Herden von Pferden, Rindern und Kleinvieh, sagenhafte Jagdmöglichkeiten. Als die erwähnt wurden, begann Lukas die Ohren besonders zu spitzen, Plantagen und Zuckerrohr hatten ihn bei weitem nicht so interessiert.

»Gibt's dort auch Bäche?« unterbrach er die Erzählung des Brasilianers.

»Bäche?« antwortete jener, »die gibt's dort zu Tausenden! Und noch dazu was für welche! Einer hat gelbes Wasser, ein zweiter milchweißes, ein dritter blaues, der vierte ist tintenschwarz, der fünfte ...« und so weiter, bis ins Unendliche.

Mit weit aufgerissenen Augen starrte Lukas den Sprecher an. »Und gibt's denn in diesen Bächen auch Fische?« fragte er endlich.

»Fische? Mein Gott! Bloß einer, der so wenig Ahnung hat wie du, kann fragen, ob dort Fische drin sind. Du mußt wissen, daß dort auf knappe hundert Schritt Bachlänge mehr Fische rumschwimmen als in allen Bächen vom ganzen Freigericht zusammen. Und wie gut die sind! Und wie groß! Einmal hab' ich aus einem einzigen Fisch zehn Seidel [entspräche etwa 2 1/2 Litern] Tran ausgelassen. Aber glaubt bloß nicht, daß das ein gewöhnlicher Fischtran gewesen wäre! Der hat geschmeckt wie das allerfeinste Mandelöl. Und dort darf ein jeder jagen; versteht ihr, was das Wort bedeutet, ein jeder! Dort pfeift man auf Fischereigesetze!«

Und in dieser Tonart erzählte der Brasilianer weiter und immer weiter. Lukas saß da, war nur noch Ohr und vergaß sogar das Trinken. Seine Augen wandten sich zum Himmel. Ein paradiesisches Land, dieses Brasilien! Ein Land, in dem keine Fischereigesetze gelten!

»Martin,« fragte er endlich, »wieviel kostet denn so ungefähr eine Reise bis dorthin?«

»Die Fahrt dorthin? – Nichts, wenn du dich verpflichtest, daß du dort für eine bestimmte Zeit arbeiten wirst,« antwortete der Gefragte.

»Nichts, hast du gesagt, nichts? Meiner Seel', wenn ich dort hinkommen könnt', tät ' ich arbeiten wie ein Zugochs!« frohlockte Lukas und trank und trank, bis der Wolf-Wenzel um seine Reputation zu fürchten begann. Wiederholte notwendige Abwesenheiten von Lukas nutzten die Honoratioren des Dorfes, um Martin, den Brasilianer, zu ermuntern, noch weitere Loblieder auf sein neues Heimatland anzustimmen, vor allem solche, die mit Jagd, Fischfang und der Ertragfähigkeit des Bodens zu tun hatten.

»Wenn's der Herrgott doch so einrichten möcht', daß der Lukas Lust zum Hinfahren bekäm'!« seufzte irgendjemand.

Der vorsichtige Bürgermeister rückte mit einem wesentlich positiveren Vorschlag heraus: »Hör zu, Martin! Wenn du den Lukas dazu bringst, daß er auswandert, kriegst du von uns hundert Gulden, und wir staffieren ihn mitsamt seiner Frau und den Kindern für die Reise aus.«

Martin begriff und begann, funkelnagelneue Geschichten zu erzählen, von Fischen, in denen ein Hai wie ein kümmerlicher Wurm herauskam, und von Hirschen, neben denen eine Kuh wie eine Katze wirken mußte. Auch Bäume solle es dort geben, in die man Hohlräume hacken könne, groß genug, um darin wohnen zu können. Martin wollte einen solchen Baum gesehen haben, fünf Familien waren darin untergekommen, und in seinem Geäst hatten über hundert Paare wilder Truthähne ihre Nester gehabt.

Diese Schilderungen berauschten den Lukas vielleicht sogar noch mehr als das Bier, zuletzt derart, daß sich auf sein vom Zuhören übermüdetes Gehirn ein Traum herabsenkte. Es braucht eigentlich gar nicht gesagt zu werden, daß die versammelten Gemeindeväter den Schlaf des gefürchteten Zauberers weidlich ausnützten, um alles bis ins letzte Detail zu besprechen.

Am darauffolgenden Tag brachte Lukas dem Martin ein halbes Schock [30 Stück] der schönsten Forellen, die sich Martin ausgezeichnet schmecken ließ, wobei er allerdings ständig beteuerte, daß Forellen im

Vergleich zu den brasilianischen Fischen rein gar nichts seien.

Als nach einigen Tagen Lukas dem Bürgermeister seine Absicht mitteilte, für sich und seine Familie einen Paß nach Brasilien beantragen zu wollen, lobte ihn der Bürgermeister dafür und versprach ihm, daß er ihn dabei mit allen Kräften unterstützen werde, damit nicht gesagt werden könne, daß er ihm im Wege gestanden habe, als es um Lukas' zukünftiges Glück gegangen sei. Diese Freundlichkeit des Gemeindeoberhauptes rührte den Lukas bis zu Tränen, und als er seine Sprache wiedergefunden hatte, pries er enthusiastisch den Bürgermeister und die gesamte Gemeinde.

Nachdem noch einige wenige Wochen vergangen waren, reiste Martin mit seiner Tochter ab, begleitet von Lukas und dessen ganzer Familie. Frau Lukas sah sich vielleicht zum ersten Mal in ihrem Leben in Wollstrümpfen, in einem warmen Kleid und einem großen, geblümten Umschlagtuch. Die kleinen Lukasse waren ebenfalls warm angezogen und freuten sich schon auf das Wohlgefühl, wenn sie in Brasilien diese unbequemen Fetzen wieder ausziehen können würden. In Brasilien waren sie ja angeblich nicht notwendig, dort sollte doch das ganze Jahr hindurch warm die Sonne scheinen. Für diese prachtvolle Ausstaffierung und für die Reisekosten bis nach Hamburg hatten die biederen Bauern, die Mitbürger der Auswandernden, zusammengelegt, bloß, um sie loszuwerden. Lukas war von so viel Güte und Großzügigkeit unglaublich gerührt.

»Euch, geliebte Landsleute, verlasse ich nur ungern!« rief er. »Mein einziger Trost besteht darin, daß ich dieser Gegend für immer Lebewohl sagen kann. Das soll ein Vaterland sein? – Ein sauberes Vaterland, das einem Menschen, der sich bloß eine kleine

Forelle fangen will, welche der Herrgott fürs fließende Wasser geschaffen hat, gleich einen Gendarmen auf den Hals hetzt. Gott sei Lob und Dank, daß es auf der Welt noch andere Vaterländer gibt, in denen solche Scheußlichkeiten nicht zur Gewohnheit geworden sind! Euch, meine Freunde, soll Gott beschützen! Bis zu meinem Tode werde ich immer an euch denken!«

»Und wir an dich auch,« antwortete der alte Girgl. »Noch bevor du in Brasilien angekommen sein wirst, ist mein Sohn Feldwebel; vielleicht wirst du dort davon hören.«

Auch der Brasilianer Martin lächelte zufrieden und gratulierte den Bauern dazu, daß sie von der Angst um ihr Vieh erlöst wären.

»Ihr schneidet da wirklich gut ab,« sagte er. »Rechnet euch einmal aus, wieviel ihr damit gewonnen habt! Das ganze Jahr über gute Milch, keine Notschlachtungen mehr für eure Ochsen. Was wollt ihr noch mehr?«

Und angeführt vom Bürgermeister marschierten die Bauern ins Wirtshaus, wo sie ihre freudige Gerührtheit mit viel Bier begossen.

Vor einiger Zeit habe ich in der Tageszeitung gelesen, daß eine Menge Auswanderer aus Brasilien zurückgekehrt sind, wo es ihnen sehr schlecht ergangen sein soll. Da kam mir der Gedanke, daß Lukas unter ihnen sein könnte. Was für ein Gesicht seine Landsleute wohl machen würden, wenn er wieder zu ihnen käme? Was er ihnen wohl von den brasilianischen Fischen erzählen würde? Und außerdem, wie würde in einem solchen Falle wohl die Toilette seiner Frau aussehen?

Während ich letztes Mal im Heimatort von Lukas weilte, begegnete ich dort dem Weisskappl, der seinerzeit so mit seiner Kalbin geprahlt hatte. Nebenbei gesagt – jene Kalbin lebt noch, aus ihr ist eine Mordskuh geworden; der Weisskappl hat mir Wunderdinge von ihr erzählt. Als ich die Rede auf den Lukas brachte, sagte Weisskappl: »No, Gott sei Lob und Dank, von dem haben wir überhaupt nichts mehr gehört. Gott soll ihm Glück und Segen gewähren! Aber zweifellos gibt's hier noch irgendsoeinen Lumpenkerl, den wir dem Lukas nachschicken sollten, damit Ruhe ist. Bei mir ist nichts passiert, aber beim Nachbarn hat eine Kuh Blut in der Milch gehabt, und beim Franzl hat jemand ein Kalb verhext ...«

Ich habe nicht den Mut aufgebracht, ihm zu sagen, daß ich eine Rückkehr des Lukas' durchaus für möglich halten würde. Ich befürchtete nämlich, daß den Weisskappl der Schlag treffen könnte.

Das neue Flügelhorn

»Nová Křídlovka«

Niemand wäre auf die Idee gekommen, daß der Hannes-Franz, den wir einfach Franz nennen werden, ein Mann sei, den man als Adonis bezeichnen könne. Ich nehme auch nicht an, daß dieser biedere Bursche, der in einer jener Hütten lebte, welche am Anfang unseres Jahrhunderts [gemeint ist das 19.] errichtet worden sind, und zwar entlang des Schwemmkanals, der die Widra mit dem Kieslingbach verbindet, damit das Holz nicht über die Stromschnellen des erstgenannten Wasserlaufes getriftet werden muß, – daß also jener Bursdche von sich selbst glaubte, ein Adonis zu sein. Seit dem Augenblick, als er das Licht der Welt und die Welt ihn erblickt hatte, waren schon dreißig Jahre im Schoß der Ewigkeit versunken, und trotzdem zierte noch keinerlei Bartwuchs sein Gesicht, weder über der Lippe, noch am Kinn. Dieser Mangel ist übrigens kein Merkmal des Geschlechts, aus dem der gute Franz hervorgegangen ist, denn sein Vater, dessen fünfzigster Geburtstag schon einige Jahre zurückliegt, schaut ganz so aus, als wäre sein Gesicht blau tätowiert. Mit solcher Kraft wachsen nämlich die Stoppeln, stahlgrau und dick wie Kiefernnadeln, aus der braungegerbten Haut, und das, obwohl er sie dreimal in der Woche mit dem Rasiermesser wegschabt. Eine weitere Zierde des Vaters sind buschige, schwarze Augenbrauen, deren Platz beim Sohn ein

Paar länglicher, schwärzlicher, sich ständig schuppender Schwellungen über den Augen einnehmen. Und erst seine Augen! Das linke schielt nach rechts, das rechte nach links, und es gibt keinen Menschen, der sich rühmen könnte, daß ihm Franz jemals gerade in die Augen geschaut hätte. Die väterliche Nase ist regelmäßig geformt, beinahe römisch; während das Riechorgan, welches die Augen des Sohnes auseinander hält, damit sie nicht zusammenstoßen, eine ganz ungewöhnliche Form aufweist. Diese Nase, wenn wir von ihrer Wurzel ausgehen und sie über drei Viertel ihrer Länge verfolgen, sieht aus wie eine dünne, niedrige Platte, die auf einer Kante steht, und sie endet in einer kartoffelähnlichen Knolle, die hinten plattgedrückt worden ist. Was die Natur unserem Franz in Bezug auf den Bart versagt hat, ersetzte sie ihm durch eine ungeheure Fülle dunklen, lockigen Haares, durch dessen Urwald noch niemals ein ordnender Kamm gekommen ist. Büschel und Zotteln dieses Haares verdecken die niedrige Stirn und fallen tief über den Kragen des unansehnlichen, zu Hause gewebten und geschneiderten Jankers, dessen Farbe gänzlich verblichen ist.

Andererseis hat Franz einen starken, muskulösen Körper und bewegt sich wie der ausgestorbene Bär seiner heimatlichen Wälder oder wie ein Wisent, der auch bald dem Reich der Sagen angehören wird. In seinem Gesicht, im Gang, in seinen Gebärden und Bewegungen spiegelt sich nichts, überhaupt nichts. Allem Anschein nach hat er es niemals eilig, seine Gemütsart ist weder sanguinisch noch cholerisch, auch nicht melancholisch. Man könnte aber auch nicht sagen, daß sie phlegmatisch sei, denn es läßt sich nicht behaupten, daß er Vorgängen gegenüber, die sich um ihn herum abspielen, gleichgültig wäre. Ganz im Gegenteil, alles interessiert ihn, er plaudert auch gern, wenn er jemanden findet, von dem er voraussetzt, daß er ihm zuhört und sich nicht über ihn lustig machen wird. Viele foppen ihn nämlich, besonders gern die anderen Burschen in seiner Heimatgemeinde, und er, der arme Teufel, grämt sich darüber, auch wenn er sich deshalb nicht laut beschwert.

Franz ist überhaupt ein braver Kerl. Er trägt Kränkungen nicht nach und rächt sich nicht, obwohl er bei seinen Bärenkräften durchaus die Möglichkeit hätte, Beleidigungen in der bei uns üblichen Art heimzuzahlen. Er ist durch und durch eine gute Haut und straft das falsche Sprichwort Lügen, daß man sich vor Gezeichneten besonders in acht nehmen solle. Einmal war ich Zeuge, daß irgendsoein Angetrunkener ihn während der Musik anschrie: »Hau ab, du schielendes Scheusal! Mit dir hat sich deine Mutter gewiß versehen, wie sie dich unterm Herzen getragen hat, und hat ein Ungeheuer zur Welt gebracht. Du hast ja gar keine Seele, bist schlechter als das Vieh!«

Franz schaute den Beleidiger an, das heißt, er wollte ihn anschauen. Aber seine Blicke trafen ihn nicht, sondern kreuzten sich vor ihm und verfehlten, rechts und links an ihm vorbei, ihr Ziel. Ihm antwortete er nicht, aber bei mir beklagte er sich:

»Daß ich keine Seel' haben soll, sagt er, und dabei hab' ich ihm schon hundertmal beim Tanzen aufgespielt. Wie soll einer auf dem Flügelhorn spielen können, wenn er keine Seele hat?«

Der Ton, in dem er das sagte, klang traurig, trotzdem lachte dabei sein mit zwei Reihen großer, gelber Zähne besetzter Mund.

Recht hatte er! Ein Mensch, der das Flügelhorn so spielen konnte wie er, mußte gewiß eine gute, empfindsame Seele haben.

Das eben angeführte Gespräch weist auf die eine von Franzens Beschäftigungen hin: er spielte das

Flügelhorn in einer Musikkapelle, auf die seine Heimatgemeinde stolz war, und was sein Spiel anbetraf, war er eine anerkannte Persönlichkeit. Es gab Mädchen, die behaupteten, daß er schön sei, solange er spiele, daß er dabei nicht schiele; daß die Begeisterung, mit der ihn sein Können erfülle, seinem Gesicht einen geradezu edlen Ausdruck verleihe.

Sie sagten das nicht gerade mit eben diesen Worten, aber sie meinten es in diesem Sinne.

Doch die Musik beanspruchte nur den kleineren Teil seiner Zeit. Sein Vater war Holzhauer, beim Fürsten im Dienst. Das Haus, in dem er wohnte, gehörte ihm nicht; genauer gesagt, der Grund, worauf es stand, war fürstliches Eigentum. Bis vor kurzem war es dem Alten nicht schlecht gegangen. Er hatte ein paar Rinder gehalten, jedes Jahr Jungvieh verkauft und mit dem Erlös daraus seine Bedürfnisse bestritten. Das hatte sich in der letzten Zeit geändert. Den Holzhauern war nur mehr eine einzige Kuh erlaubt, und die durften sie zum Weiden nicht mehr in den Wald treiben. Um diese eine Kuh kümmerte sich ohne besondere Mühe Franzens einzige Schwester – die Mutter lebte nicht mehr. Jene Schwester war bereits elf Jahre lang verlobt, drei herzige Kinderchen sagten »Mama« zu ihr. Das ist bei uns so Gepflogenheit; wenn er kann, wird sie der Bräutigam auch mal heiraten. Vorläufig erteilt der Herr Pater Absolution, und irgendeinmal wird alles schon gut ausgehen. Der Vater hatte sich durch diese etwas vorzeitige Mutterschaft auch nicht sonderlich entehrt gefühlt.

Viel Arbeit gab es im Haushalt nicht, in der Landwirtschaft gewöhnlich noch weniger, denn die Felder und Wiesen waren klein. Die Arbeiten im Wald waren auch nicht mehr so dringlich wie früher, und der Alte kam ohne die Mithilfe des Sohnes allein gut zurecht. Daher konnte Franz das ganze Jahr über tun und lassen, was ihm gerade gefiel. Und weil er eben ein tüchtiger Mensch war, gab er sich nicht mit nutzlosen Sachen ab, das heißt, mit Dingen, die nichts einbrachten.

Franz spielte in der Musikkapelle, drechselte auf der väterlichen Drehbank Büchsen für Streichhölzer und Stöpsel und – fischte. Und wie er fischen konnte! Weit und breit gab es keinen Menschen, der mehr Forellen gefangen hätte als er. Den Schwemmkanal und die Bäche, wo die Fische Eigentum des Fürsten waren, mied er, wie der Teufel das Weihwasser. Er fürchtete nämlich nichts so sehr wie Streit mit irgendjemandem, und um nichts in der Welt hätte er sich auf etwas Unehrliches eingelassen. Seine Gewissenhaftigkeit ging sogar so weit, daß er nicht einmal das Holz stahl, das er für die Herstellung von Büchsen und Stöpseln brauchte. Das machten sonst selbst die allerehrlichsten seiner Mitmenschen, weil sie in einem solchen Tun nichts Schlechtes sahen. Sogar sein eigener Vater war in dieser Beziehung nicht so untadelig wie er. Er ging zwar nicht schon mit dem Vorsatz los, Holz zu stehlen, aber wenn er gelegentlich auf eine ihm zusagende Fichte stieß, zögerte er nicht lange und nahm sie mit. Die Stimme seines Gewissens beruhigte er damit, daß er sich einredete, daß ein anderer sie mitgenommen hätte, wenn er sie stehengelassen hätte. Über die übertriebene Ehrlichkeit seines Sohnes war der Vater nicht unbedingt entzückt. Gelegentlich hielt er ihm derbe Standpauken, in die er die Namen von allerlei zwar nützlichen wilden und zahmen Tieren einfügte, die sich aber keines hohen Ansehens rühmen konnten. Ja, er vergaß sich sogar so weit, daß er Zweifel äußerte, ob Franz überhaupt sein leiblicher Sohn sei. Aber auch das vermochte Franzens Einstellung nicht zu erschüttern, daß der Mensch einem Fürsten nicht stehlen dürfe, was des

Fürsten sei, selbst dann nicht, wenn der Eigentümer gar keine Ahnung von der Existenz der gestohlenen Objekte hatte.

Der Fluß Widra jedoch gehörte der Gemeinde, und Franz hatte einen zwei Kilometer langen Abschnitt des linken Ufers gepachtet, ausgerechnet den wildesten und unzugänglichsten Teil der Schlucht unter dem Schlösselwalder Steilabfall, der »Schachtelei« genannt wird. In jenem Gebiet hielt er sich am meisten auf. Während Schönwetterperioden, wenn der Fluß wenig Wasser führte, fing er die Fische mit der Angel. Wenn Regengüsse das Wasser anschwellen ließen, wenn wilde Fluten sich donnernd über die Granitblöcke wälzten, von denen das Flußbett voll ist, wenn die trüben Wasser zu weißer Gischt wurden und Wirbel die Ufer wegrissen, wenn das Brausen und Tosen der Stromschnellen und Wasserfälle noch eine Wegstunde weit zu hören war, dann verwendete er einen engen, in einen langen Schwanz auslaufenden Kescher. Den tauchte er in ruhigeres Wasser längs des Ufers und hauptsächlich in stille Buchten. Dorthin flüchten nämlich die Forellen bei zu starker Strömung, bei der sich die Wellen vor Steinblöcken überschlagen oder wütend dagegen anprallen. Selten kam es vor, daß Franz seinen Kescher leer herauszog, gewöhnlich zappelten ein paar bunt getupfte Fischlein drin, die rasch in seinem Eimer verschwanden.

Mit leeren Händen kam Franz nie zurück. Ohne Beute kommt von der Widra überhaupt kein Fischer nach Hause, wenn er nur ein bißchen was von seiner Sache versteht. Unter riesigen Felsblöcken, in tief ausgewaschenen Gumpen [Wasserloch] des vorhin genannten Flußabschnittes finden die Forellen noch lange günstige Zufluchtsorte, wo sie vor der völligen Ausrottung bewahrt bleiben, die ihnen von menschlicher Gier droht.

So kam es, daß Franzens Fischbehälter das ganze Jahr über stets einen reichlichen Vorrat an Forellen enthielten. Da sie sich gut verkaufen ließen, sammelte sich im Laufe der Zeit Gulden auf Gulden, und Franz begann darüber nachzudenken, auf welche Weise er das zusammengesparte Geld am besten anlegen, was er sich unter Umständen dafür kaufen könnte. Was klebte da an Plackerei und Mühsal an diesem kleinen Schatz! Hundertmal war der arme Kerl dafür bis auf die Haut durchweicht worden, nicht bloß einmal hatte er dafür sogar sein Leben aufs Spiel gesetzt. Die nach heftigen Regengüssen anschwellenden Wasser der Widra wälzen sich plötzlich auf einen Schlag wie eine rollende, schaumbekränzte Wand heran und überfluten im Nu den Boden der tiefen Schlucht, wobei sie alles mitreißen, was ihnen im Wege steht. Fischer und Holzhauer sind dann oft gezwungen, von Felsblock zu Felsblock zu springen, und wehe dem, dessen Fuß von einem der schlüpfrigen Steine abrutschen sollte! Wen diese rasenden Wellen einmal erfaßt haben, den lassen sie nicht wieder los. Kein Jahr vergeht, in dem die Widra nicht einige Opfer fordern würde. Und was hatte Franz an Kälte und Hunger, Hitze und Durst leiden müssen!

Und während Franz überlegte und grübelte, was er mit seinem Geld anfangen sollte, wie sich in seinem Inneren die verschiedensten Stimmen meldeten und ihm Vorschläge machten, wie sogar Stimmen von außen ihm zusetzten, schmeichelnde Worte seiner Mitmenschen, die ihn darum angingen, ihnen seine Ersparnisse zu borgen, weil sie von ihm annahmen, daß er ihnen kein unerbittlicher Gläubiger sein würde – in dieser Zeit stahl sich die allmächtige Liebe in sein Herz und versäumte es nicht, ebenfalls ihre Stimme zu erheben, die schließlich über alle anderen obsiegte.

Das geschah auf folgende Weise: Im Dorf Rehberg lebte eine gewisse Thekla, ein Mädchen wie hundert andere auch. Franz hatte sie schon des öfteren gesehen, aber sein Herz hatte geschwiegen. Es war ihm nicht ein einziges Mal eingefallen, sie mit anderen Augen anzuschauen als die übrigen Mädchen. Franz kümmerte sich überhaupt nicht um das schöne Geschlecht, schließlich bezog ihn dieses auch nicht in seine Spekulationen mit ein. Aber an einem Sonntagnachmittag, als er zusammen mit der ganzen Kapelle wieder einmal den Jungen zum Tanz aufspielte, kam plötzlich Thekla zu ihm und erklärte:

»Franz, auf der ganzen Welt kann's keiner mit dir aufnehmen, wenn du spielst.«

Das war die erste Anerkennung, die er aus einem weiblichen Munde zu hören bekommen hatte. Die Stimme und die Worte erfüllten seine Seele wie Musik aus himmlischen Sphären. Sie entflammten auch sein Herz, um ihn herum begann Gottes Welt zu wirbeln, und er fühlte, daß er verliebt war. Da er jedoch von Natur aus ein praktisch veranlagter Mensch war, begann er zu bedenken, wer er sei und wer Thekla, ob sie ihn erhören würde, und ob diese Liebe zu einem guten Ende führen könnte. Er sagte sich, daß Thekla zur Zeit gerade frei, daß der Platz in ihrem Herzen nicht besetzt sei, weil derjenige, der ihn bis vor kurzem eingenommen hatte, in die Welt hinausgezogen war. Von dieser Seite her drohte also keine Behinderung. Weiterhin bedachte er, daß Thekla im gesellschaftlichen Ansehen unter ihm stand – da sie die Tochter einer Hausiererwitwe war und als Magd bei einem Bauern diente – und daß dieser Umstand gegebenenfalls für ihn als Vorteil ins Gewicht fallen konnte. Ungeachtet dessen wurde ihm beinahe übel beim bloßen Gedanken daran, in welcher Weise man eigentlich einem geliebten Mädchen seine Zuneigung mitteilt. In solchen Dingen war er ein absoluter Anfänger und hatte nicht die geringste Übung. Daneben ahnte er wohl auch, daß seine Physiognomie keinen Zauber auf Frauen ausübte. Es kann sein, daß er während seiner Fischerei sein Gesicht einigermaßen objektiv betrachtet hatte, wenn es sich im Wasser spiegelte. Wenn er nur jemanden hätte, der für ihn vermitteln könnte! Doch wem konnte er sich anvertrauen? Schließlich lachten alle über ihn, sie würden es noch ärger treiben, wenn sie wüßten, was sich in seinem Innersten ...

Voll solcher seelischer Kämpfe verflogen ihm einige Wochen. Die ganze Zeit hindurch trug Franz am linken Ufer der rauschenden Widra stumm das liebliche Bild der angebeteten Thekla im Herzen, warf die Angel aus und überlegte, was er tun werde.

Thekla ihrerseits, die keine Ahnung von der Glut hatte, welche sie im Herzen des schweigsamen Forellenfischers entfacht hatte, hatte damit begonnen, den schmeichelnden Worten eines Knechtes Gehör zu schenken, welcher jeweils am Samstagabend, wenn die Sterne am himmlischen Firmament funkelten, um den Bauernhof herumschlich, in dem sie diente. Vielleicht wollte er – Gott bewahre mich davor, daß ich da etwas Schlechtes zur Sprache bringe – aber ich kenne die Bräuche und Gepflogenheiten zu gut, die im altehrwürdigen Freigericht Stadeln – Anteil I (das ist die amtliche Bezeichnung für die Gemeinde Rehberg) üblich waren. Darum nehme ich an, daß ich recht habe, wenn ich meinen Verdacht nicht völlig unterdrücke, daß er ihr liebevolle Besuche abstattete, zu den hier üblichen Stunden, wenn die Damen ihre Galane in ihren Salons unter einem Schindeldach zu empfangen pflegen, wo der süße Duft des Heus die Sinne betört.

Sei dem, wie ihm wolle, es läßt sich nicht bestreiten, daß dieser neue schmachtende Liebhaber Theklas nicht nur viel, viel hübscher war als Franz, sondern auch wesentlich wagemutiger. Diese Eigenschaft wird angeblich oft auch als Vorzug angesehen, und zwar nicht nur von denjenigen Vertreterinnen des schönen Geschlechts, denen es nach Gottes Ratschluß beschieden war, in der Gemeinde Stadeln – Anteil I zur Welt zu kommen. Aber – um ehrlich zu sein – in dieser Beziehung habe ich keinerlei Erfahrungen und bin so unschuldig wie der arme Franz, der es um nichts in der Welt gewagt hätte, solche nächtlichen Exkursionen zu dem bereits erwähnten Hof zu unternehmen.

In der zweiten Hälfte des Monats August, als gerade die Erntezeit begann, traf sich die Dorfjugend wieder einmal zu einem Tanzvergnügen, bei dem Franz auf seinem Flügelhorn mit aufspielte. Und siehe da, auch dieses Mal, genauso wie vorher, ging Thekla wieder zu den Musikanten und sagte:

»Franz, keiner kann so spielen wie du. Nur schade, daß dein Instrument schon altersschwach ist und auch nicht mehr richtig glänzt.«

Ein sanfter Mairegen erfrischte die Seele des Angesprochenen. Er strahlte und wollte sich mit einem innigen Blick voller Zärtlichkeit bedanken. Aber wehe, es war, als hätte eine tückische Hand die Waffe, die schon auf das Ziel gerichtet gewesen war, zur Seite geschlagen.

Der Blick traf nicht, sondern flog, Gott allein weiß wohin, und alle, die das sahen, lachten schallend.

Doch Franz hörte dieses hämische Gelächter nicht. In eben diesem Augenblicke war nämlich die Frage gelöst worden, wie er seine Ersparnisse anlegen sollte. In eben diesem Augenblicke hatte er beschlossen, ein neues Flügelhorn zu kaufen, ein gutes, wunderschönes Flügelhorn, aus dem nicht nur süße Klänge zum Tanz ertönen würden, sondern von dem auch ein Glanz und ein Schimmer ausstrahlen sollten, als wenn es aus reinem Gold wäre. Er konnte kaum das Ende der Veranstaltung abwarten, bei der ihm die Zeit auch deswegen zu lange wurde, weil er nicht übersehen konnte, wie Thekla tanzte und vielsagende Blicke nicht nur mit dem Knecht Girgl, sondern auch mit anderen anwesenden Burschen tauschte. Die Freude jedoch, daß er etwas tun konnte, womit er ihr zu beweisen vermochte, wie hoch er ihr Urteil schätzte, siegte über die in seinem Herzen aufkeimende Eifersucht. Als er sich im Morgengrauen auf den Heimweg machte, wirbelten überschwengliche Gedanken in seinem Kopf herum.

»Vater,« redete er zwei Tage danach seinen ahnungslosen Erzeuger an, »ich muß mir ein neues Flügelhorn kaufen. Das ist eine ganz und gar unumgängliche Sache.«

Der Vater zog die Augenbrauen so hoch, daß sie bis an seinen Haaransatz stießen, woraufhin er nach den Gründen jener unumgänglichen Notwendigkeit fragte, welche die Ausgabe von dreißig Gulden erforderlich machte.

Da löste sich Franzens Zunge, und er begann dem Alten darzulegen, daß, im Grunde genommen, die Zeit für ihn gekommen sei, sich zu verheiraten, und daß er auch eine wisse, die ihm zusagen würde, wenn – nun, wenn er nur wüßte, daß sie ihn haben wollte.

Der Vater bedachte, daß seine Tochter nicht ewig eine Braut bleiben könne, und daß die Zeit nicht mehr weit sei, bis sie in den heiligen Stand der Ehe treten werde. Er stellte sich auch vor, daß es ihm zu beschwerlich fallen könnte, auf eine Wirtschafterin im Haushalt zu verzichten. Am Ende dieser Überlegungen nickte er mit dem Kopfe und stimmte zu.

»Aber, Vater,« hob Franz wieder an, »Ihr müßt statt meiner reden. Ich weiß ja nicht, wie ich ihr das sagen soll.«

»No, jaaa, ist eh klar, daß ich werd' reden müssen,« antwortete der Vater, »schließlich wissen wir ja, daß du kein Mahl [Maul] hast.«

Das Ergebnis dieser Besprechung zwischen Vater und Sohn bestand darin, daß der Sohn zum Fischen ging, und der Vater sich dann auf den Weg zu Theklas Mutter machte. Diese lebte zwar in derselben Gemeinde, aber zwei Gehstunden von dem Haus am Schwemmkanal entfernt. Er wollte bei ihr für seinen Sohn um die Hand der Tochter anhalten. Die Alte war höchst erfreut über die Aussicht, daß ihre Tochter, die keinen Heller Vermögen hatte, die Frau des Besitzers eines der Häuser am Schwemmkanal werden sollte, eines angesehenen Musikers und geschickten Fischers. Sie versprach, ihr Möglichstes zu tun, um Franzens ehrbare Absichten zu fördern. Der bisherige, besser gesagt, bis vor kurzem gewesene Verehrer Theklas war angeblich ohnehin der größte Taugenichts im ganzen Bezirk gewesen, und – durch Gottes Fügung, wie man sagt – war es dahin gekommen, daß er sich mitsamt seiner Not, seiner Sauferei und überhaupt mit seiner ganzen Person irgendwohin nach Bayern verzogen hatte, von wo er – Gott gebe es – nicht mehr nach Hause zurückkehren werde. Den Knecht Girgl erwähnte die Alte nicht, der hatte sich bisher noch nicht als Liebhaber bekannt.

Nachdem er nach Hause zurückgekommen war, berichtete der Vater dem Sohne vom Erfolg seiner Sendung, und Franz war von der Zeit an der glücklichste Mensch im ganzen hinteren Böhmerwald.

Wahrscheinlich weil er so überaus glücklich war, fand er vor lauter Seligkeit nicht den Mut, den landesüblichen Besuch im Salon seiner Dame abzustatten, und das, obwohl der Vater Franz regelrecht dazu provozierte, ihn zu machen. Alles in der Welt muß der Mensch erlernen, auch die Galanterie, ganz egal, in welche Form man sie kleidet. Es kann gut möglich gewesen sein, daß seine Dulcinea ihn erwartete, denn zweifellos wird ihr die Mutter vom Besuch seines Vaters erzählt haben. Daß er jedoch nicht kam, nahm sie ihm so übel, daß sie wieder die Huldigungen und den Besuch des Knechts Girgl empfing.

Gerüchte von Girgls Liebesabenteuern fanden ihren Weg auch bis zu Franzens Ohr. Was man ihm erzählte, war sicher mehr als man gesehen hatte, aber auch das konnte sein Glück nicht trüben oder gar vergiften. Es hatte wahrhaftig den Anschein, als hätte sein ständiger Umgang mit Fischen ihn »verfischt« (warum sollte ausgerechnet ich nicht auch ein neues Wort erfinden dürfen, wo das doch alle Schriftsteller tun), und zwar so weit »verfischt«, daß sein ganzes Innenleben, sein Fühlen und sein Lieben fischig geworden waren. Daran änderten auch die Predigten seines Vaters nichts, der ihm klarzumachen suchte, daß ein Mensch ohne Mundwerk eigentlich tot sei.

Kurzum, Franzens Denken war von engelhafter Reinheit, kannte keine Falschheit, und er philosophierte folgendermaßen:

»Girgl, du bist ein großer Tor vor dem Herrn! Renn dir zu ihr ruhig die Beine ab, solange du noch kannst. Zuletzt komm' doch ich an die Reihe, und dann ist's Schluß mit der Rennerei! Denn was ich weiß, das weiß ich!«

So gingen einige Wochen dahin, und nichts passierte, was Franzens stilles Liebesglück gestört hätte. Nein, ganz im Gegenteil: Das bestellte neue Flügelhorn war glücklich und unversehrt von Nordböhmen in den Böhmerwald gekommen. Welcher Glanz! Was für eine Pracht! – Wohin Franz auch immer ging, überall lachte ihm das anmutige Bild Theklas, in seinem inneren Ohr hörte er Worte, mit denen ihm die Geliebte vielversprechende Andeutungen machte, was ihn erwarte, wenn er erst ihre einmalige Schönheit gesehen haben werde. Und er freute sich unsagbar auf das nächste Tanzvergnügen.

Der Seligkeit verheißende Tag war gekommen. Mittag war kaum vorüber, da stürmte Franz schon dem Zentrum seines weit auseinander gezogenen Heimatortes zu. Seinen glänzenden Schatz hatte er in einen Leinensack verpackt, und da das Wetter nicht sicher war, hatte er noch einen großen, roten Regenschirm mitgenommen, damit ein eventueller Schauer dem Flügelhorn nicht schaden konnte.

Derart gerüstet, stieg er von den Schlösselwalder Hängen herab, wie weiland Apollo vom Olymp, wenn er seinem Äußeren nach auch nicht ganz jenem Gotte glich. Glühend vor unendlichem Glück erschien er auf dem Tanzboden, zog das Flügelhorn aus seiner Umhüllung und freute sich nochmal so viel über die uneingeschränkte Bewunderung, die in den Gesichtern aller Anwesenden zu erkennen war. Jedermann trat herzu und kam aus dem Staunen nicht heraus. Und als ihre Ohren die schmetternden Klänge vernahmen, hörten sie mit der gleichen Andächtigkeit zu, mit der sie vorher geschaut hatten. Auch Thekla kam, ihre Seele lachte aus ihren Augen. Und Franz, als er sah, daß sie so zuckersüß lachte, blies Fortissimo und legte den ganzen Jubel seines Herzens in die von ihm hervorgezauberte Musik, zu der das Mädchen im Takt der klingenden Ergüsse von Franzens Seele mit Girgl herumwirbelte.

Erst später, als bewirkt durch berauschende Dünste, Rauch, Staub und Gestank die Luft im Tanzsaal so dick geworden war wie flüssiges Pech, kam Thekla zum Musikerpodium, strahlte und sagte, wobei sie auf das Flügelhorn zeigte:

»So etwas Herrliches hab' ich bis heut' noch nie gesehen.«

Da lachte auch Franz triumphierend. Aus seinen Augen schossen zwei Blicke wie zwei grelle Blitze. Beinahe hätten sie Thekla getroffen. Sein Mund zog sich um gut einen halben Fuß breit [entspräche etwa 15 cm] auseinander, und im Flüsterton sagte er:

»Das hier hab' ich nur wegen dir gekauft.«

Daraufhin lachte sie nochmals voll Zärtlichkeit und ging, um mit Girgl weiterzutanzen.

Die Luft wurde immer noch dicker, heiß war's wie in einem Dampfbad. In dieser Atmosphäre erhitzte sich auch die Stimmung der Anwesenden und überstieg allmählich das, was man als reines Vergnügen bezeichnen würde. Die Frauenspersonen hüpften wie besessen, ihre Busen wogten, die Augen glühten, der Atem ging keuchend.

Diese allgemeine Begeisterung erfaßte auch unseren Franz. Als eine Pause eingelegt wurde, verließ er das Musikerpodium, mischte sich in den Kreis der Anwesenden und ging kühn auf Thekla zu. Diese glühte, ganz erhitzt vom Tanzen, aber auch vom Bier.

Franz sagte wirklich und wahrhaftig kein einziges Wort, aber der Grad seiner Glückseligkeit offenbarte sich darin, daß er seinen Mund wieder um einen halben Fuß breiter auseinanderzog. Thekla jedoch sagte: »Bist ein guter Kerl, Franz! – Ich weiß, was dein Vater meiner Mutter erklärt hat, und ich bin einverstanden. Geh heut' mit mir heim!«

Leider Gottes hörte Girgl, der sich ständig in der Nähe gehalten hatte, diese Worte. Plötzlich trat er vor und sagte mit erhobener Stimme: »Er wird nicht mit dir geh'n, denn ich komme mit!«

»Mit dir geh' ich nicht!« fuhr ihn Thekla barsch an und erwartete offensichtlich, daß Franz jetzt etwas unternehmen werde, um sein Anrecht zu verteidigen. Sie irrte sich. Franz sagte gar nichts, der Blick aus seinen Augen flog, Gott allein weiß es, auf welche

Seite, was nicht so aussah, als wollte er einen prahlerischen Rivalen einschüchtern.

Je länger Franz schwieg, desto herausfordernder führte sich Girgl auf. Beleidigende und verletzende Ausdrücke prasselten nur so aus seinem Munde heraus. Andere Umstehende mischten sich ein und versuchten, Franz zu einem Kampf anzustacheln. Doch Franz lächelte nur siegesgewiß und schwieg weiter. Wären sie über ihn hergefallen, hätte Franz die ganze Bande abgeschüttelt wie der Löwe eine Meute Hunde, daran besteht überhaupt kein Zweifel. Das war ihnen offenbar bewußt, und darüber hinaus war ihnen auch klar, daß ihr Gegner Hilfe von den anderen Musikanten bekommen würde, denn diese würden es nicht hinnehmen, daß ihr Konzert wegen eines verletzten Hornisten beeinträchtigt worden wäre. Diese Umstände schlau berücksichtigend, griffen sie nicht an, sondern beschränkten sich darauf, ihren Widersacher mit Gebrüll und Gekeife zu überschütten; eine Kampfesweise, in der Franz über keinen einzigen, geschweige denn über alle siegen konnte.

Franzens hartnäckiges Schweigen paßte Thekla ganz und gar nicht. Eine anständige Rauferei oder wenigstens ein olympisches Wortgefecht hätten wesentlich mehr zu ihrem Ruhme beigetragen. Diese wollüstige Schöne ähnelte aufs Haar der Hirschkuh, die dem Kampf der um ihre Gunst buhlenden Hirsche zuschaut und dann mit dem Sieger davonzieht. Als sie merkte, daß Franz auch auf die allergröbsten Herausforderungen nicht reagierte, konnte sie ihren Unwillen nicht mehr bezähmen und sagte voller Hohn: »Was bist denn du für ein Mensch? So rühr dich doch schon! Aber du bist ja gar keiner, denn du hast überhaupt kein Maul!«

Inzwischen war die Pause vorbei, und Franz mußte wieder seinen Platz hinter dem Notenpult einnehmen. Damit endete die Szene, zumindest was Franz betraf. Seine Gegner, welche das Feld behauptet hatten, setzten sich zu einer Beratung zusammen, und ihre Gesten und Reden verhießen nichts Gutes. Helden wie der Girgl geben sich nicht mit halben Siegen zufrieden.

Der Horizont im Osten legte ein graues Gewand an, rötliche und violette Streifen zogen über den schwarzen Wäldern auf und über das Himmelsgewölbe hinweg, säumten die kleinen Wolken mit einem brokatglänzenden Rand. Die verblassenden Sterne blinzelten daraus wie hinter einem Schleier hervor.

Der Tanzsaal leerte sich. Mief und Staub, mit ihnen auch die Dämpfe und Rauchschwaden, zogen aus der Schenke durch die geöffneten Fenster ab, die in der morgendlichen Kühle angelaufen waren. Verstreut über Bänke und Stühle waren zuletzt nur noch ein paar Gestalten da, die sich schwankend aufrappelten, und deren Reden noch unsicherer klangen, als sie auf den Beinen standen. Diesen letzten Mohikanern half natürlich keine Herz und Beine ermunternde Musik mehr, weshalb sich auch die Musikanten zum Aufbruch rüsteten. Franz versenkte sein glänzendes Flügelhorn wieder in dem schützenden, tiefen Sack und verließ mit seinem Schatz den Saal. Er ging mit schleppendem Schritt, und seine Blicke irrten nervös im Raum herum, als ob sie etwas suchten, an dem sie haften bleiben könnten. Wenn sie Thekla suchten, bemühten sie sich vergebens. Jene Dame hatte sich nämlich schon vor einer Stunde heimlich davongemacht, ob mit Begleitung oder ohne, entzieht sich meiner Kenntnis. Nur so viel weiß ich sicher: Ihre Abwesenheit berührte Franz sehr schmerzlich, denn, wie er später diesem und jenem anvertraute, jetzt hätte er die Courage gehabt, mit ihr zu sprechen, ja, sie gegebenenfalls sogar nach Hause zu begleiten. – Er trat aus dem Haus, schaute sich im Freien vor dem Gasthaus noch einmal suchend um, dann schlug er, an der Schule und der Kirche vorbei, die Richtung zur Straße ein, die zu seinen Hausgeistern führte. Nicht weit von der Kirche entfernt sah er irgendeinen Krämer, der seine Waren auf einen Karren lud. Jener Krämer redete mit seiner mageren Schindermähre, schenkte Franz aber keinerlei Beachtung. Unten im Tal, nicht weit von der Brücke über den Stillseifenbach, trat eine vorsichtig schleichende Gestalt aus dem Halbdunkel, dann eine zweite, und dahinter noch fünf oder sechs andere. Lautlos, schnell verfolgten sie alle Franz und hatten ihn bald eingeholt.

Es ist schwer, bis in Einzelheiten die Szene zu schildern, die sich jetzt abspielte. Alles ging Schlag auf Schlag. Es stellte sich heraus, daß alle diese Gestalten ausgerüstet waren mit Stöcken, Zaunlatten und anderen Angriffswaffen, welche sofort, ohne Kriegserklärung, auf den Schädel und den breiten Rücken des armen Franz wie ein Hagelschauer herunterzuprasseln begannen. Krachend hallten die Schläge in der reinen Morgenluft. Franz, der die Übermacht der Angreifer erkannt hatte, setzte sich nicht zur Wehr, sondern ließ es resignierend zu, daß auf ihn eingedroschen wurde. Er versuchte bloß, seinen Kopf zu schützen, wobei er zuerst seinen Regenschirm als Schild benutzte und, nachdem man ihm diesen aus der Hand gerissen hatte, das neue Flügelhorn.

Die heilige Muse der Musik verhüllte ihr Gesicht, damit sie nicht mit ansehen mußte, wie diese Barbaren mit dem Instrument umgingen, das ihrem Dienste geweiht war. Klirrendes, metallisches Scheppern, das auch von der dicken Umhüllung nicht genügend gedämpft werden konnte, erfüllte die Luft. Es dauerte nicht lange, da entglitt der improvisierte

Schild den Händen des Überfallenen. Der nahm Reißaus, rannte in langen Sprüngen davon und überließ das Instrument seinem Schicksal. Franzens Feinde verfolgten den Flüchtenden nicht, sondern ließen ihre Wut an dem unschuldigen Flügelhorn aus. Sie richteten es so schrecklich zu, daß meine Feder sich sträubt, zu beschreiben, wie ...

Auf einmal waren menschliche Stimmen zu hören. Auf dem Friedhofshügel, wo die Kirche steht, tauchte eine Gruppe von drei Musikanten auf. Sowie die modernen Vandalen ihrer gewahr wurden, erschien ihnen ein schleuniger Rückzug als das Zweckmäßigste, und sie liefen über die Sumpfwiesen in den Schatten des nahegelegenen Dorfes Rehberg, das noch tief im Schlafe lag.

Die Musikanten fanden das arme, jämmerlich zugerichtete Flügelhorn.

Über und über blutbefleckt kam Franz nach Hause. Der Vater, der ihn so sah, noch dazu ohne Flügelhorn, empfing ihn nicht gerade mit übertriebener Freundlichkeit. Nachdem der Unglücksrabe seine Wunden ausgewaschen und in abgerissenen Sätzen sein Mißgeschick berichtet hatte, sagte er zu ihm:

»Jeder Mensch weiß, daß du keinen Mund hast. Daß du aber auch keine Hände hast, um dich zu wehren, und daß du ihnen das Flügelhorn gelassen hast, das, glaub' ich, überleb' ich nicht.«

Aber er überlebte es doch. Als Franz im Verlauf des Tages sein verunstaltetes Instrument zurückbekam, wurden nochmals Heulen und Flüche laut. Doch zuletzt gewann der Zorn die Oberhand, und am übernächsten Tag machten sich Sohn und Vater, nach Rache lechzend, auf den Weg nach Bergreichenstein auf, um die begangenen Schändlichkeiten bei Gericht anzuzeigen.

Franz führte als Zeugen den früher erwähnten Krämer auf, der konnte jedoch nicht ausfindig gemacht werden. Andere Zeugen hatte er keine, denn die Musikanten, die ihm das aufgefundene Flügelhorn gebracht hatten, erklärten, daß sie niemanden gesehen hätten. Franz redete nicht viel. Er beschränkte sich darauf, mit dem Finger auf die zahlreichen Beulen und Wunden zu zeigen, die sein Gesicht und seinen Kopf verunzierten. Dazu legte er noch ein ärztliches Zeugnis vor, in dem die Schwere jener Verletzungen qualifiziert war. Je mehr der Sohn schwieg, desto hartnäckiger und ausdauernder redete der Vater. Weitschweifig schilderte er den Verlauf des Überfalls bis in die allerletzten Einzelheiten, und als der Richter einwandte, daß er bei der Gewalttat doch gar nicht dabeigewesen sei, entgegnete der Alte:

»Erhabenes Gericht, das ist die reine Wahrheit! Ich bin nicht dabeigewesen, aber ich muß es erzählen, weil dieser Kerl hier, mein Sohn, mit Verlaub, kein ›Mahl‹ hat. Dafür bin ich sein Vater!«

Bei der abschließenden Hauptverhandlung leugneten die Angeklagten, wie sich von selbst versteht, mit aller Entschiedenheit. Mit vielen Worten und bei ihrer Ehre beteuerten sie, daß sie Opfer eines Irrtums geworden seien, daß keiner von ihnen dem Franz auch nur mit einem Worte zu nahe getreten sei. Da meldete sich der Vater zu Wort.

»Hochedles, kaiserlich-königliches Gericht! Ich bringe zur Kenntnis, daß ich einen Zeugen habe, und der ist so unwiderlegbar wie der allerheiligste Eid.«

Er wurde aufgefordert, diesen Zeugen vorzuführen. Der Alte erklärte, der Zeuge sei hier am Platz, er brauche nicht gesucht zu werden. Im nächsten Augenblick sah der Richter das gemeuchelte Flügelhorn, dessen stummes Zeugnis der Vater mit folgenden Worten vervollkommnete:

»Also, ist das etwa nichts? Wenn das kein Zeuge ist, dann gibt's auf der Welt überhaupt keinen richtigen Zeugen!«

»Der Sohn soll reden!« entschied der Richter.

»Nichts da, der soll schweigen! So wie dieser Zeuge aussagt, redet dieser Kerl niemals.«

Der Richter, welcher von der Schuld der Verdächtigten nicht überzeugt worden war, sprach diese von der Anklage frei.

»Da siehst du's, du verdammter Hund,« stöhnte der Vater, als er mit dem Sohn den Gerichtssaal verließ, »so weit kommt es mit einem Menschen, der so wie du eigentlich gar kein Mensch ist. Aber wenn jene Wegelagerer denken, daß ich ihnen diese Lumperei durchgehen lasse, werden sie sehen, daß sie sich geirrt haben. Diesem Gauner, dem Girgl, dem werd' ich's am allerersten heimzahlen, dem ...!«

Wieder verging einige Zeit, und eines schönen Tages sagte der Vater zu Franz:

»Du, die Thekla mag dich nicht, weil du so lahm bist.«

Franz äußerte nichts dagegen, er wußte das sowieso, außerdem hatte ihm Thekla das auch schon gesagt. Nach einer Weile redete der Vater weiter:

»Wie du ja weißt, heiratet deine Schwester in vier Wochen. Ohne Frau kommen wir mit dem Haushalt nicht zurecht. Dich will ja keine, und weil du keine Braut ins Haus bringst, werd' halt ich mir also eine nehmen.«

Franz hatte wieder nichts dagegen einzuwenden.

»Und, weißt du, damit dieser Haderlump, der Girgl, die Thekla nicht kriegt, werd' ich sie heiraten.«

Franz hob ein wenig den Kopf. Es sah so aus, als wollte er mit seinem Blick den Vater fixieren. Als ihm das jedoch nicht gelang, ließ er den Kopf wieder sinken. Kurz danach ging er zum Fischen.

Ein paar Wochen nach diesem Gespräch war die liebliche Thekla Franzens Stiefmutter.

Das rote Herz

»Červené srdce«

Ungefähr zweieinhalb Kilometer südwestlich hinter dem Dorf Rehberg fließt das Wasser des Schwemmkanals, der die Widra mit dem Kieslingbach verbindet. Ein miserabler Weg, der dorthin führt, steigt aus dem Tal des Stillseifenbaches über ödes Heideland bis zum rötlichbraunen Wasser jenes Kanals, über den sich eine kleine Brücke mit nur einem Bogen wölbt. Dahinter ragt ein hoher Mischwald auf, der »Hauswald« genannt wird. Wenn man diesem Weg weiter folgt, kommt man zu zwei kleinen Kapellen, von denen die eine links, die andere rechts des Weges steht, so daß die Eingänge einander gegenüber liegen. Eine der beiden Kapellen ist bereits sehr baufällig. Die Tür dazu steht ständig offen, und wenn man ins Innere schaut, erblickt man dort ein höchst sonderbares Durcheinander der verschiedensten Votivgaben für die wunderwirkende Jungfrau, drunter und drüber an den Wänden aufgehängt. Sogar den kleinen Altar bedecken diese Gaben, die als Zeichen des Dankes für wunderbare Heilung, Hilfe aus Not oder Erfüllung sehnlicher Wünsche dort hingebracht worden sind: Bilder und Bildchen, Kreuze, Rosenkränze, Gebilde aus Wachs oder Holz, die alle möglichen Gliedmaßen und Körperteile darstellen sollen. Die schöpferische Hand des Künstlers hatte häufig versucht, auf diesen symbolischen Präparaten die Gebrechen oder Verstümmelungen darzustellen, mit denen diese Gliedmaßen behaftet gewesen sind. Man kann nicht behaupten, daß der oder die Künstler dies geschmackvoll ausgeführt hätten, und es wundert mich überhaupt nicht, daß jene Dame, die ich auf diesen Brauch hingewiesen habe, sich mit unverhülltem Abscheu abgewendet und erklärt hat: »Das ist wirklich eklig und scheußlich.«

Fürwahr, die Dinge so aufzufassen ist seltsam – man könnte es auch anders ausdrücken, liebe Leser – jedoch, auch wenn man es bestreitet, es liegt so viel kindliche Naivität darin, so viel aufrichtige Dankbarkeit, daß der Mensch keinen Anstoß daran nehmen sollte. Die Gottesmutter und Gott selbst, die im Himmel thronen und die Herzen sowie die verborgensten Gedanken ihrer armen Erdenkinder kennen, ob die sich darüber ärgern ...?

Die neue Kapelle, recht hübsch aus Steinen erbaut, sauber geweißt, hat den Rang der alten eingenommen, die einzustürzen droht. Die Rehberger bilden sich viel auf diese neue Kapelle ein und sperren sie fleißig zu. Mein Herz hat sie nicht erwärmt, meine Frömmigkeit gehört der alten. Wenn ich ihren Einsturz erleben sollte, wird mir aus ihrem Ende ebensoviel Kummer und Schmerz erwachsen wie aus dem Ende vieler anderer Dinge in jener Gegend, die mir aus meiner Jugend vertraut gewesen sind.

Als Junge pflegte ich oft hinzugehen, hab' dort nachgedacht und gebetet. Ich kann gar nicht beschreiben, was für eine sanfte und andächtige Stimmung dort in mein Herz einzog. Ewiger Schatten und erhabene Stille herrschten unter den alten Fichten und Tannen, lediglich mächtige Stümpfe, vermodernd und dicht bemoost, zeigen an, wo die Baumriesen zum Himmel hinaufwuchsen, diese

Denkmäler vergangener Epochen, unbeugsame Gegner der Zeit. Nur die Buchen mit ihren weißlichen Stämmen, stellenweise mit dunkelgrünen Flechten behängt, haben überdauert. Doch auch diese letzten Überreste der prächtigen Wälder von einst kommen an die Reihe: Die Bauern, denen dieser Wald gehört, brauchen Geld; und die Zündholzfabriken allerlei Gerät aus Buchenholz.

Jene Votivgaben interessierten mich mächtig, sie brachten meine jugendlichen Gedanken dazu, über die menschliche Not nachzusinnen. Übrigens waren dort auch viele Gegenstände angehäuft, deren Zweck und Bedeutung ich nicht herauszufinden vermochte, unter anderem ein großes Herz, sehr unbeholfen aus Holz geschnitzt, mit grellroter Farbe angemalt und an einem Rosenkranz aus groben schwarzen Kugeln aufgehängt. Was hatte der Spender dieser Opfergabe von der allerheiligsten Jungfrau erwartet? Oder hatte er sie aufgehängt, um seinen Dank dafür abzustatten, daß ihn die heilige Himmelskönigin von einer Last auf seinem Herzen befreit hatte?

Möglich wär's, aber zur damaligen Zeit gewann ich diesbezüglich keine Gewißheit, und so kam es, daß ich diese Herz-Geschichte bald vergaß.

Als ich zwei Jahre danach wieder nach Rehberg kam, da war ich ungefähr sechzehn, führte mich einer meiner Ausflüge zur Hauswald-Kapelle. Ein Bauernbursche, wesentlich älter als ich, begleitete mich.

Auf einmal erblickte ich im Moos- und Heidelbeergestrüpp nahe der Kapelle etwas, das eine in meiner Seele halb verschüttete Erinnerung wieder wachrief. Dort lag das hölzerne Herz, aber rot war es nicht mehr, denn der Regen hatte die Farbe abgewaschen. Ich hob es auf und zeigte es meinem

Begleiter. Der riß es mir aus der Hand und warf es weg; es zerbrach an einem nahen Baumstamm.

»An dem klebt ein Fluch,« sagte er, »drum haben wir's aus der Kapelle rausgeschmissen. Rühr das nicht an!«

Und dann erzählte er mir eine Begebenheit, zu der andere Rehberger noch weitere Einzelheiten als Ergänzung beisteuerten:

In einem bescheidenen Holzhaus lebte ein armes Mädchen, das, Gott weiß nach welchen Vorfahren, die Steinzen-Agnes genannt wurde. Zu jener Zeit, als ich das rote Herz zum ersten Mal gesehen hatte, war sie schon über zwanzig, also in einem Alter, in dem die Frauen bei uns gewöhnlich, wenn schon noch keinen Ehemann, dann wenigstens einen Verehrer haben, der mit ihnen eine Beziehung angeknüpft hat, aus der heraus es üblicherweise zu einer Heirat kommt. Hat eine weder den einen noch den anderen, gereicht ihr das nicht zur Ehre, und das Gerede der Leute erklärt dies dann nur durch boshafte Anspielungen auf körperliche Mängel oder auf sittliche Verkommenheit und gipfelt in dem des öfteren vorgetragenen Schluß, daß diese Frau ein Faß ohne Boden sei.

Von der Agnes wurde so etwas nicht behauptet, und zwar aus dem folgenden, ganz einfachen Grunde: Sie war zwar körperlich gut entwickelt und auch nicht ohne die Reize, welche die männliche Jugend anzulocken pflegen, aber sie war geistig etwas zurückgeblieben. Die Burschen leisteten sich mit ihr allerlei Scherze, aber keiner von ihnen ließ sich ernsthaft mit ihr ein. Dabei hatte Agnes auch ein fühlendes Herz und sehnte sich ebenso nach Liebe wie irgendeine andere ihrer Altersgenossinnen. Sie stand recht verlassen in der Welt da. Ihre Mutter lebte zwar noch, aber sie hatte nicht nur kurz nach der Geburt von Agnes und dem Tod des Vaters einen anderen Mann geheiratet, sondern war auch kränklich und halb blind. Der Stiefvater kümmerte sich nicht sonderlich um sie, außer daß er wütend wurde, wenn in stillen Nächten ganze Horden von Burschen bei ihrem Haus auf dem öden Hang des Dürrenberges erschienen; sich ausgelassen aufführten, als wollten sie Agnes einen der hierzulande üblichen Heubodenbesuche abstatten, und dabei absichtlich ungeheuren Lärm und Krawall machten. Sie reizten den Hund, meckerten wie ein verliebter Ziegenbock, jaulten wie Kater, riefen nach dem Mädchen. Kurz, sie entweihten auf unverschämte Art und Weise die Nachtruhe, bis der Alte, vor Wut ganz außer sich, vors Haus stürmte und dort wie toll geworden schimpfte und wetterte. Die drastischen Beinamen, die er dabei gebrauchte, pflegten für die damit bedachten Störenfriede eine unerschöpfliche Quelle ungeschmälerter Belustigung zu sein.

Agnes wahrte diesen nächtlichen Besuchern gegenüber absolute Zurückhaltung. Sie zeigte sich nicht, lachte nicht, schimpfte nicht, sprach nicht darüber. Höchstwahrscheinlich dachte sie sich gar nichts dabei, ja, sie wunderte sich nicht einmal darüber, daß nach dem Abzug jener ungebetenen Galane der Stiefvater auf sie losging und sie mit den ausgefallensten Ausdrücken schalt, die ihm seine erregte Phantasie auf die Zunge legte. Die arme Agnes zerbrach sich überhaupt nie den Kopf mit langen Überlegungen.

Aber Agnes war nicht taub. Wenn sie in diesem Höllenlärm, der ihren Stiefvater so in Rage brachte, eine bestimmte Stimme hätte hören können, hätte sie dieses Katzenkonzert als paradiesische Musik empfunden. Doch Adam Pesl von Sonnberg (der Ort hatte bis vor kurzem zur Gemeinde Rehberg gehört und sich erst vor ein paar Jahren davon losgesagt und der Gemeinde Hartmanitz angeschlossen) hatte einen viel zu weiten Weg zu Agnes' Haus, er war kein einziges Mal unter diesen nächtlichen Plärrern. Wer weiß, ob Agnes nicht hinausgegangen wäre, wenn sie seine Stimme darunter erkannt hätte? In den Augen von Agnes war Adam das höchste Wesen. Zu ihm blickte sie auf wie zum Erzengel Michael, dessen Bild sie in irgendeiner Kapelle gesehen hatte. Adam neckte sie niemals in der Art der anderen Burschen. Jedes Mal, wenn sie schüchtern und ängstlich auf dem Tanzboden auftauchte, reichte er ihr sein Bierglas zum Trinken entgegen. Ja, er hatte sogar schon zweimal mit ihr getanzt, obwohl ihr Gehopse im Kreis der Tanzenden an einen Kachelofen erinnerte, den ein Erdbeben in Bewegung versetzt hatte. Das waren für sie Momente unaussprechlicher Seligkeit gewesen, die einzigen glücklichen Erinnerungen ihres Lebens. Sooft Adam sie anblickte, zog ein verzücktes Lächeln ihr den Mund auseinander, mit dem Mutter Natur sie reich und breit ausgestattet hatte. Und wenn er sie ansprach, erschien ihr seine Stimme, die andere Sterbliche an das Knarren eines ungeschmierten Wagenrades erinnerte, wie der Gesang himmlischer Chöre.

Adam war übrigens ein herzensguter Mensch, aber vor den Augen der Schönen dieser Gebirgsgegend fand er nicht viel Gnade, und das, obwohl er ein Haus mit einer kleinen Landwirtschaft besaß und außerdem noch zur Gruppe der einheimischen Unternehmer gehörte. Ja, richtig, verehrte Leser, Adam hatte seinen eigenen Betrieb, der ihm zwar bei den Wahlen zur Handelskammer keine Stimme garantierte, von dem er vielleicht auch keine Steuern abführte, aber ein selbständiger Unternehmer war er trotzdem. Sicher gibt es Zeitgenossen, denen sein Äußeres nicht gefallen würde. Klein, von gedrungenem Wuchs, ein breites Gesicht, aus dem ein rotes Näschen herausstand, das im Dickicht des borstigen Bartes beinahe verlorenging. Aus diesem Bart stieg ein lieblicher Geruch von Brasil-Schnupftabak auf. Die struppige Behaarung des vierkantigen Schädels ähnelte nach Farbe und Art den Borsten eines Wildschweins, war immer verfilzt und auch für den gröbsten Kamm ein undurchdringliches Hemmnis. Dazu hatte er noch breite, schwarze Hände und mächtig große Füße.

Weil jedoch unsere Schönen in Hinsicht auf das Äußere nicht übermäßig wählerisch zu sein pflegen, muß angenommen werden, daß der Grund für die mangelnde Beliebtheit Adams woanders lag. Und da würde ich meinen, daß dies eindeutig nur daher rühren konnte, daß er sich geistig voll und ganz auf seine Arbeit konzentrierte. All seine Wünsche und Gedanken galten seinem Gewerbe, und dieses war, bei aller Nützlichkeit, von der Art, daß es andere Leute abstieß, vor allem das schöne Geschlecht. Es war klebrig und machte schmutzig; Adam erzeugte nämlich »Kolomaz«. Weil das Wort »Wagenschmiere« nicht im Wörterbuch der deutschen Böhmerwäldler steht und daher von der Tschechisierung auch nicht bedroht ist, haben sie das angeführte tschechische Wort nicht nur in seiner ursprünglichen Bedeutung übernommen, sondern auch auf die Hersteller jener zähen Flüssigkeit übertragen. Adam nannte man »den jungen Kolomaz«, so wie seinerzeit sein bereits in Gott entschlafener Vater »der alte Kolomaz« geheißen hatte, und wie bis jetzt noch seine Mutter mit »die alte Kolomazin« bezeichnet wird.

Adam war anscheinend ein großer Mann, denn seinem Beispiel folgte selbst Bismarck. Jener große Staatsmann sagte, daß er das Geld nehme, wo er es finde. Schon bevor der ehemalige deutsche Kanzler jenes geflügelte Wort geprägt hatte, hatte Adam das für die Herstellung von Wagenschmiere nötige Pech von dort genommen, wo er es fand, am allerliebsten natürlich in den fürstlichen Waldungen und in den Forsten der überaus weisen und bedachtsamen Bürger der königlich freien Goldbergstadt Bergreichenstein, wo wegen ein paar angeschnittener Bäume nicht so viel Geschrei gemacht wurde, wie es die Bauern erhoben, die selbst Pech sammelten und dann gegen Wagenschmiere eintauschten, genauso wie in der Mühle Getreide gegen Mehl. Ob sie der Pechbrenner dabei übers Ohr haute, ließ sich nicht beweisen.

Adams Gedanken drehten sich – wie bereits gesagt – ausschließlich um seine Arbeit, vor allem um die Beschaffung des Rohmaterials, ohne das keine Wagenschmiere hergestellt werden kann. Die Streifzüge, die er zu diesem Zweck in die Wälder unternahm, sowie die Überwachung des Pechs, das im Ofen zischte, beanspruchten ihn vollauf und erstickten in ihm alle Gefühle für süße Anmut. Um die Liebe von Agnes zu werben, beschäftigte seinen Geist wahrhaftig nicht, denn Adam hatte nur Pech und »Kolomaz« im Kopf. Erschien er gelegentlich doch bei einer Tanzveranstaltung, so geschah das sicher nur aus dem Grunde, daß auch er sich herrschenden Gewohnheiten und Gepflogenheiten nicht gänzlich entziehen konnte. Wenn er sich dabei auf seine Art Agnes gegenüber freundlich verhielt, so verfolgte er damit eigentlich überhaupt kein besonderes Ziel, denn es wäre ihm nicht einmal im Traume eingefallen, das Zutrauen des bedauernswerten, schwachsinnigen Mädchens auszunützen. Er handelte einfach dem Antrieb seines guten Herzens gemäß, das nicht nur einmal selbst verspürt hatte, wie sehr ständiges Geneckt- und unverdientes Ausgelachtwerden schmerzen. Schließlich wurde ja auch er wie ein Paria [= Unberührbarer] behandelt. Wie hätte er sich dagegen wehren sollen – wenn alle geschlossen gegen ihn standen? Gut, daß er schweigen konnte und sich nicht aufregte.

So standen geraume Zeit die Dinge, nichts änderte sich daran.

Da kam eines Abends, als Adam gerade Pech ausließ, seine Mutter zu ihm und sagte:

»Oh! Oh! Dieses Reißen in den Knochen – das halt' ich nimmer aus! Ich alte Frau bedien', koch', mach' die Feldarbeit, versorg' das Vieh. In meinem Kopf dreht sich alles, oh, oh! ... Du mußt heiraten Adam ... Ich sag' dir doch, daß ich's nimmer schaff'. Ich weiß dir eine Braut .... die Simon-Karolin, dort am Brenntenberg. Nimm dir die! Von irgendsoeinem Hallodri, der nach Brasilien verduftet ist, hat sie zwei Kinder, aber dafür hat sie auch zweihundert Gulden bares Geld, und hübsch ist sie auch. Vielleicht könnt' der Simon noch eine einjährige Kalbin dazu draufgeben.«

Adam hörte den verlockenden Worten seiner Mutter stumm zu. Was sollte er ihr darauf antworten? Seine ganze Aufmerksamkeit war auf das flüssige Pech gerichtet, das aus einem Rohr in das darunter stehende Gefäß tropfte.

Schblunk, schblunk – Blasen wie Seifenblasen, bloß schwarz. Ein Teil des Gesichts von Adam spiegelte sich in der dunklen Fläche. Leicht möglich, daß Adam in diesem Wagenschmier-Spiegel seine Gesichtszüge musterte, um sich zu vergewissern, welchen Eindruck er auf Karoline machen würde.

Das Gefäß war voll; er schob es zur Seite und stellte ein anderes unter den Abfluß. Dann wischte er beide Hände an seinen dunklen Haaren ab, die glänzten, als wären sie mir der feinsten Pomade behandelt worden. Danach genehmigte er sich eine ordentliche Prise Schnupftabak, legte Holz im Ofen nach und schwieg wie Moltke [Preußischer Feldmarschall, bekannt als großer Schweiger].

Die alte Kolomazin respektierte dieses Schweigen und unterbrach es erst nach einer langen Pause mit der Frage: »No, Adam, was sagst dazu?«

Adam überlegte nochmals fünf Minuten lang, dann antwortete er in der ihm eigenen umständlichen Art: »Mir ist's gleich. Wenn's sein muß, macht Euch das mit ihr aus!«

Die Kunde, daß Adam sich um die Hand der Simon-Karolin bewarb, verbreitete sich rasch in der ganzen, weit ausgedehnten Gemeinde. Mancherlei Kommentare wurden dazu abgegeben, noch mehr ausgeschmückt und weiterverbreitet, bis sie schließlich auch der armen Agnes zu Ohren kamen. Die Form, in der ihr die Nachricht mitgeteilt wurde, war alles andere als rücksichtsvoll. Wer sollte schon so eine depperte Person auch noch schonen?

Agnes versuchte gar nicht, den Schmerz zu verbergen, den ihr diese Neuigkeit bereitete. Sie weinte und heulte um ihren Adam, ein Wunder war's, daß ihr bei dem schadenfrohen Gelächter der Jugend beiderlei Geschlechts das Herz nicht brach. In den Wirtshäusern improvisierten feinfühlige Jünglinge Solo-Auftritte, in denen sie mehr oder weniger treffend die Liebe und das Leid von Agnes darstellten. Das Johlen und Lärmen, womit diese Leistungen belohnt wurden, brachten klar an den Tag, daß die Behauptung pedantischer Kritiker, Naturalismus könne auf der Bühne nicht bestehen, ein Irrtum ist.

Als auch der Stiefvater Agnes auslachte, sie nicht aufhörte zu weinen, wofür er ihr wiederum Prügel androhte, flüchtete sie zur Gottesmutter im Hauswald und redete sehr betrübt mit ihr. Bei dieser Gelegenheit opferte sie ihr das hölzerne, rot bemalte Herz, von dem ich am Anfang dieser Geschichte gesprochen habe.

Einige Woche verstrichen. Der Sommer ging vorbei, weiße Nebel bedeckten mit gewaltigen Schwingen die Fichten und Buchen des Hauswaldes und legten sich auf die Weiden und Weiher des Tals, das vom Stillseifenbach durchflossen wird. Ein eisiger Wind wehte von den Hochflächen herunter, häßliches Wetter überzog das Dorf und die ganze Gegend – aber trotz Frost und Kälte, trotz der Wut des Windes und des peitschenden Regens ging die unglückliche Agnes Tag für Tag zur Kapelle und streifte mit ihren nackten Waden das Wasser oder den Rauhreif von den verwelkten Gräsern.

Selbstverständlich erfuhr auch Adam von allem, was Agnes tat und litt. Von ihrer Liebe war er sicherlich berührt, darüber hinaus aber auch dadurch, daß er selbst deshalb nicht wenig gehänselt wurde. Zu Hause äußerte er die Absicht, zu Agnes hinzugehen und ihr diese Liebe auszureden, aber seine Mutter war dagegen und erklärte ihm, daß sie das selbst erledigen werde. Sie ging auch tatsächlich zu dem armen Mädchen hin und wünschte Agnes mit den gröbsten und giftigsten Schimpfworten, die sie auf Lager hatte, zum Teufel. Damit hatte sie, wie sie meinte, die Sache in Ordnung gebracht. Und Adam, der sich nicht bewußt war, ihr je ein Wort gesagt zu haben, das ihr ein Recht gegeben hätte, sich ihn in den Kopf zu setzen, nahm ebenfalls an, daß alles erledigt sei.

Die unglückselige Schwachsinnige jedoch, als sie begriffen hatte, daß sie eigentlich nichts mehr zu erhoffen hätte, gab ihre Liebe trotzdem noch nicht auf und verzweifelte erstaunlicherweise noch nicht. Gerade zu jener Zeit war's, daß bei ihr daheim der Schneider Krahulík arbeitete, ein Mensch, bekannt und berühmt in allen Ecken und Winkeln der ausgedehnten

Gemeinde Rehberg. Bei uns ist es üblich, daß bestimmte Handwerker, wie Schneider, Schuster, Weber und andere in die Häuser zum Arbeiten gehen, ungefähr so, wie in den Städten die Näherinnen, und für ihre Arbeit außer dem Lohn auch noch Kost und Unterkunft erhalten.

Daß der Krahulík ein weitum bekannter Mann war, hab' ich bereits gesagt. Das war er wirklich, aber nicht nur so sehr wegen der unübertrefflichen Facon seiner Janker, sondern auch wegen seines Witzes. Was sag' ich, – wegen seiner sagenhaften Geschicklichkeit allein wäre er gar nicht geholt worden, aber von ihm war auch bekannt, daß er während seiner Arbeit seine Umgebung aufmerksam beobachtete und unfehlbar sämtliche Schwächen und Lächerlichkeiten erfaßte, mit denen er dann an Sonntagen die Gesellschaften in den Wirtshäusern unterhielt.

Weil zu jenen Zeiten in den Gaststätten dramatische und lyrische Szenen als Unterhaltung an der Tagesordnung waren, die das Liebesleid von Agnes zum Thema hatten, freute sich der gewitzte Schneider, daß sich ihm die Gelegenheit bot, das Mädchen genau aus der Nähe studieren zu können. Er nahm sich vor, sie gründlich auszuhorchen und so weit zu bringen, daß sie ihm ihre Seele öffnete. Aus diesem Grunde gebärdete er sich ihr gegenüber so, als ob er größten Anteil an ihrem Schicksal nähme, und zog mächtig über die Karolin vom Brenntenberg her.

Er erreichte sein Ziel vollkommen. Schon am zweiten Tag ließ ihn Agnes bis auf den tiefsten Grund ihres Herzens blicken, wobei sie wehmütig weinte und jammerte. Der Schneider tat so, als ob er ganz angestrengt darüber nachdächte, auf welche Weise er ihr helfen könnte. Offenbar überkamen ihn dabei ungemein lustige Einfälle, denn die krachend lauten Hustenanfälle hatte er sicher nur aus dem Grunde, daß er damit seine Lachausbrüche vertuschen konnte. Und Agnes, die vor Rührung verging, erzählte ihm, daß sie des Lebens überdrüssig sei, daß sie allem ein Ende bereiten wolle; daß der Vater im Haus Arsenik [= Rattengift] habe, und daß sie sich damit vergiften werde.

»Das darfst du nicht tun,« sagte der Schneider, »das wäre eine schreckliche Todsünde, für die kämst du in die Hölle.«

Doch während er redete, kam ihm ein anderer Gedanke, oh, ein Einfall, witziger als sämtliche anderen Ideen, geistreich, einzig in seiner Art, der seine ohnehin schon große Berühmtheit bis zu den Sternen hinauf erheben würde.

Weil der Schneider Krahulík schon lange im kühlen Grabe ruht, und meine Indiskretion ihm nicht mehr schaden kann, verrate ich meinen lieben Lesern seinen großartigen Einfall.

Er hatte nämlich daran gedacht, daß am nächsten Tag Samstag ist, und Adam daher als Freier seiner Braut am Brenntenberg einen Besuch abstatten würde. Wenn dem jungen Kolomaz gerade in der Zeit der allersüßesten Zärtlichkeiten etwas arg Unangenehmes und zugleich Lächerliches passieren würde! ... Das gäbe eine Gaudi!

Von dieser verlockenden Aussicht auf zukünftiges Amüsement erwähnte er jedoch kein Wort. Während er die Teile eines Jankers, die seine geschickte Hand gerade zugeschnitten hatte, auf dem Tisch auflegte, sagte er in ernsthaftem Ton:

»Agnes, ich weiß was besseres als Sich-Vergiften. Aber verraten dürftest du mich nicht, denn das würde nicht bloß nichts helfen, sondern damit tätest du auch unreine nächtliche Mächte gegen dich aufbringen, und die Irrlichter der Moore würden dich zertrampeln. Wenn du aber alles richtig machst, erwacht der

Adam aus seiner Verzauberung und muß dir folgen, koste es, was es wolle, selbst wenn ihn andere daran hindern möchten.«

Die Schwachsinnige hörte gespannt zu. »Sag mal, Schneider,« flüsterte sie, »erklär mir das! Ist da vielleicht Hexerei dabei?«

»Hexerei oder nicht – wie man's nimmt. Aber wenn du mich verrätst ...«

»Gott bewahre! Ich verrat' überhaupt niemandem nichts ...«

»Also, dann schwör mir's!«

Und Agnes schwor.

Danach sagte ihr der listige Schneider, sie solle am nächsten Tag Krapfen backen und in den Teig ein bißchen, ein ganz, ganz kleines bißchen Rattengift hineinmischen. Während der Backerei müsse sie ununterbrochen beten. Dann solle sie im Wald auf Adam warten, bis er zum Brenntenberg gehe, und ihm drei oder vier Krapfen geben. Sie müsse ihm einreden, daß sie ihm Segen brächten, ihm und seiner Braut. Er dürfe sie aber erst essen, wenn er bei der Karolin' sei. Die übriggebliebenen Krapfen solle Agnes im Moor unter drei Latschen legen, deren Äste sich überkreuzten, sie mit dem schwarzen Moorwasser besprengen und laut rufen: » Das ist für euch! Und daß ihr mir ja helft, damit er zu mir zurückkehrt! Wenn er wieder zu mir kommt, back' ich euch noch mehr davon!«

Agnes hatte Bedenken, der Schneider zerstreute jedoch mit Erfolg all ihre Skrupel: Dabei versicherte er ihr unablässig, daß dieses Mittel dem Adam nicht schaden würde, und der Karolin' auch nicht. Letztere könne sowieso einen weit besseren Bräutigam finden als den Adam. Agnes sichere sich dadurch noch dazu für alle Zeiten die Hilfe der Geister, die in den Mooren ihre nächtlichen Reigen aufführten, denn eben jene Geister hätten nichts lieber als Krapfen, und Arsenik sei für sie wie Zucker ...«

Am nächsten Tag buk Agnes die Krapfen und mischte in das Mehl ein bißchen – ihrer Meinung nach – ein ganz kleines bißchen Rattengift hinein. Gegen Abend zu machte sie sich dann daran, den Adam abzupassen.

Sie wartete lange, sehr lange. Schwarz brach die Nacht herein, schwere Wolken am Himmel, kein Mondschein, kein Sternchen durchdrang diese Finsternis. Dafür erhob sich ein scharfer nächtlicher Wind und heulte in den Ästen der hohen Fichten. Unten im Moor tanzten bläuliche Irrlichter ihren Reigen. Doch selbst wenn die ganze Hölle geheult und getobt hätte, Agnes hätte ihren Platz in dem tiefen Hohlweg, durch den Adam kommen mußte, nicht verlassen.

Und Adam kam. Durch die nächtliche Finsternis waren schlurfende Schritte zu hören; schwere, eisenbeschlagene Absätze schlugen gegen Stein. Sie ging diesen nahenden Schritten entgegen, schwer atmend, das Rascheln ihres leichten Gewandes und das Tappen ihrer Füße verschlangen das Heulen des Windes und das Rauschen fallenden Wassers in der Ferne.

Er erschrak, als er sie plötzlich vor sich sah, wie aus dem tiefen Dunkel herausgewachsen, und murmelte etwas von allen guten Geistern. Sie ihrerseits legte ihre Hand auf seine Schulter, und während sie ihm die Krapfen entgegenhielt, begann sie zu bitten:

»Nimm sie, Adam, nimm ... ich mein's gut mit dir; wenn du sie ißt, erwächst dir daraus lauter Segen. Ach, so viel hab' ich gebetet. Gib deiner Braut auch davon, ich hab' sie für euch beide gebacken. Du bist immer gut zu mir gewesen, du hast mich nie ausgelacht, wie's die andern gemacht haben.«

Und er, nichts Böses ahnend, weil er sich niemals mit Überlegungen den Kopf zerbrach, nahm die Krapfen und versprach, sie zu essen und der Braut auch etwas davon zu geben.

»Geh mit Gott! Geh mit Gott!« rief das Mädchen und verschwand im Dunkel.

In jener Nacht trieb sich auch der Schneider Krahulík beim Brenntenberg herum. Er hatte sich schon in der Abenddämmerung auf den Weg gemacht, trotz Finsternis und drohendem Unwetter, so sehr verlockten ihn die interessanten Dinge, die sich dort ereignen sollten. Seine Hoffnungen erfüllten sich jedoch nicht, und noch vor Mitternacht trat er einen ziemlich beschleunigten Rückzug an. Er sagte auch niemandem, was er dort gesehen hatte, und behielt seinen guten Einfall beinah' auf ewig für sich.

Und das war kein Wunder, denn noch vor Mitternacht, wie er von seinem Versteck aus bemerkt hatte, waren Leute nach Rehberg gehastet, um den Pfarrer zu holen.

Blitzschnell verbreitete sich am nächsten Tag die Kunde von dem Giftanschlag auf den Kolomaz und dessen Braut. Adam selbst gab an, daß in den Krapfen Gift gewesen sei, und daß er sie von Agnes bekommen habe. Das Mädchen wurde gleich eingesperrt, und damit erwies ihr der Polizist einen guten Dienst, denn die aufgebrachten Leute hatten nicht übel Lust dazu, sie zu lynchen. Agnes versuchte gar nicht zu leugnen, daß sie Gift in den Teig gemischt habe, und sooft sie deswegen verhört wurde, antwortete sie einfach nicht, ganz bestimmt aus Angst davor, daß der Zauber seine Wirkung verlieren würde. Sie klagte nur sich selbst an, daß sie vielleicht zu wenig gebetet haben könnte. »Wenn ich zehn Rosenkränz' mehr gebetet hätt',« wiederholte sie ständig, »wär' dem Adam überhaupt nichts passiert.«

Man fand Reste von den verhängnisvollen Krapfen, und die Sachverständigen wiesen nach, daß Arsenik darin enthalten war. Daher erhob das Gericht Anklage wegen versuchten Mordes, weil der Kolomaz und seine Braut mit dem Leben davongekommen waren. Solange die Ermittlungen andauerten, und ganz besonders vor der Hauptverhandlung, wuchs die Zahl der Belastungszeugen wie die Pilze nach einem Regen, denn die ganze Gemeinde nahm ungeheueren Anstoß an diesem unerhörten Verbrechen.

Um bei der Wahrheit zu bleiben, es wurden schon auch Stimmen laut, die auf den Geisteszustand von Agnes hinwiesen, aber das waren verhältnismäßig wenige. Und selbst der Bürgermeister bezeugte, »daß sie bei weitem nicht so dumm ist, wie sie sich stellt.« Sie hätte recht gut gewußt, daß es nötig sei, der himmlischen Jungfrau ein Opfer zu bringen, denn sonst hätte sie nicht das rotbemalte Herz in der Hauswaldkapelle aufgehängt. Sie habe sich – so sagte der Bürgermeister aus – den Kolomaz in den Kopf gesetzt, und weil sie ihn nicht habe kriegen können, hätte sie ihn mitsamt der Braut vergiften wollen.

Krahulík, der eigentlich die ganze Sache allein auf dem Gewissen hatte, schwieg wie ein Grab – es kann sein, daß der Gedanke an seine vier unversorgten Kinder ihm den Mund verschloß. Ach, aber wie still er geworden ist! Aus war's mit den Scherzen, mit denen er sein Publikum unterhalten hatte, und in den Wirtshäusern zeigte er sich nur noch äußerst selten.

Volle sechs Wochen lang dauerten die Ermittlungen gegen Agnes, und diese ganze Zeit hindurch saß sie in Polizeigewahrsam in Písek. In der abschließenden Hauptverhandlung wurde sie des versuchten Mordes für schuldig befunden und unter Berücksichtigung zahlreicher mildernder Umstände zu sieben Jahren schweren Kerkers verurteilt. Sie wurde nach Řep deportiert.

Als die Rehberger Zeugen der Urteilsverkündung nach Hause zurückgekehrt waren, gingen sie unverzüglich zur Hauswaldkapelle und warfen das rote Herz hinaus, weil das die Heiligkeit des Ortes entehrte.

* * *

Sieben Jahre waren vergangen. Völlig gebrochen und vernichtet wurde Agnes nach Rehberg zurückgeschickt. Arme und Beine waren von den schweren Eisenfesseln gezeichnet, die zu jener Zeit den Sträflingen noch angelegt wurden. Obwohl sie kaum dreißig Jahre zählte, sah sie aus wie ein altes Weib. Ganz verlassen stand sie in der großen, weiten Welt da, eine verkrüppelte Bettlerin, Zielscheibe des Entsetzens und des Hasses.

»Was? Du bist wieder da?« empfing sie der Bürgermeister. »Warum hat dich der Teufel nicht geholt? Jetzt sollen wir noch für dich sorgen? Geh zu deinem Bruder ...!«

Sie schleppte sich zu ihrem Elternhaus. Mutter und Vater waren bereits gestorben – und der Stiefbruder fuhr sie barsch an: »Was denn? Du bist wieder da, du Giftmischerin, die der Herrgott verdammt hat? Warum bist du nicht ins Spinnhaus gekommen? [Spinnhaus = geschlossene Anstalt, in die unverbesserliche oder gemeingefährliche Frauen nach Verbüßung ihrer Strafe eingewiesen wurden, wo sie durch bestimmte Arbeiten, z. B. auch durch Spinnen, zu ihrem Lebensunterhalt mit beitragen mußten.] Ich soll für dich sorgen? – Da tät' ich mir was Schönes einbrocken! Verschwind! Geh in den Wald, und verreck!«

Nicht einmal einen Bissen Brot gab er ihr.

Sie ging, irrte herum, wußte nicht, wohin. Gott allein weiß, hinter welchem Zaun sie die erste Nacht nach ihrer Rückkehr in ihre Heimatgemeinde verbracht hat. Vom Hunger getrieben, bettelte sie bei den Bauernhöfen und Hütten, nur wenige Leute gaben ihr etwas. Gegen Abend kam sie zum Haus des Schneiders Krahulík. Draußen dämmerte es bereits, in der Stube, deren Tür sie mit zitternder Hand geöffnet hatte, war es schon stockfinster.

»Erbarmt euch ... vergönnt mir ein Fleckchen in der Scheune oder im Stall, damit ich ausruhen kann,« bettelte sie in das Dunkel und in die leere Stille hinein.

Aus einem finsteren Winkel tauchte ein Schatten auf, näherte sich ihr langsam.

»Agnes! Gott sei gelobt« – ließ sich eine heisere Stimme vernehmen – »du bist gekommen, um mir zu verzeihen, was?«

Der Schneider Krahulík zündete einen Span an und leuchtete ihr ins Gesicht. Seine tief eingefallenen, fiebrig glühenden Augen starrten sie mit einem unbeschreiblichen Ausdruck an. »Du verzeihst mir, gell? Du bleibst bei mir! Schon lang' hab' ich eine Kammer für dich hergerichtet ...«

»Oh, was soll ich dir denn verzeihen? Du hast mir doch nichts getan. Du hast mir gesagt, daß ich ordentlich beten muß, und ich hab' zu wenig gebetet ... es war meine Schuld ...«

Sie blieb bei ihm. – Obwohl er selbst gebrechlich war, von der Schwindsucht befallen, und nicht mehr arbeiten konnte, aber Obdach gewährte er ihr und am Morgen eine warme Suppe. Und die Kinder, als ob sie wüßten, wodurch ihr Vater an dieser Bettlerin schuldig geworden war, gaben ihr nie ein böses Wort.

Einmal ging sie zum Kolomaz-Adam, der schon lange mit der Karolin vom Brenntenberg verheiratet war. Händeringend bat sie ihn um Gottes willen um Verzeihung.

»Euch geht's gut,« sagte sie, »vielleicht hat euch unser Herrgott wegen meiner Untat gesegnet. Ich hab' nichts Böses damit vorgehabt. Ich hab's nur deswegen gemacht, Adam, weil ich dich gern gehabt hab'. Aber ich hab' halt zu wenig gebetet, und deshalb ist's so bös ausgegangen ... Doch jetzt werd' ich den ganzen Tag lang beten, jeden Tag, vom Morgen bis zum Abend ...«

Sie begann herzzerreißend zu weinen.

Und Adam darauf: »So wein doch nicht, ich hab's dir eh schon lang verzieh'n.«

Seine Frau kam dazu: »Wein nicht, wein nicht, du Unglückliche!«

Ungefähr ein Jahr nach Agnes' Rückkehr aus dem Zuchthaus starb der Schneider Krahulík. Auf dem Sterbebett gestand er vor ein paar Zeugen seine Schuld und bat alle Bekannten, daß sie der Bedauernswerten Obdach gewähren und sie nicht verhungern lassen sollten. Von da an waren die Leute netter zu Agnes; sie wurde nicht mehr von den Türschwellen weggescheucht und bekam auch etwas zu essen. Man erlaubte ihr, in der Hauswaldkapelle ein neues Herz aufzuhängen, ja, es fand sich sogar eine mitleidige Hand, welche ihr das Herz schnitzte, so daß es viel geschmackvoller aussah als jenes, das seinerzeit aus der Kapelle hinausgeworfen worden war. Agnes trug das neue Herz selbst dorthin und weinte dabei vor Freude.

Jenes Herz hängt bis zum heutigen Tage dort. [Klostermann meint damit die Zeit von etwa 1900; die Hauswaldkapelle steht nicht mehr, sie wurde nach der Vertreibung durch die Kommunisten in den Fünfzigerjahren abgerissen.] Vielleicht geht Agnes auch bis heute noch hin und verbringt lange Stunden im Gebet. Zwei Jahre ist es her, daß ich sie dort traf und mit ihr sprach. Sie erzählte mir von ihrem Unglück, wie es im Zuchthaus gewesen war, wie sich gute Leute ihrer angenommen hätten; aber auch jetzt erwähnte sie mit keinem Wort die Schuld Krahulíks.

Als ich diesen Punkt von mir aus zur Sprache brachte, tat sie so, als verstünde sie mich nicht.

»Ach, er war ein anständiger Mensch,« sagte sie. »Ich bete für ihn, damit ihn Gott sanft ruhcn läßt. Aber ich hab' gesündigt, wenig, viel zu wenig hab' ich gebetet. Ich kann mich über niemanden beschweren, nicht einmal über jene Herren in Písek, die mich verurteilt haben. Schließlich haben sie nicht wissen können, daß ich mir nichts Böses dabei gedacht hab'. Wenn ich genug gebetet hätt', hätt' ihnen der Herrgott vielleicht die nötige Einsicht verlieh'n.«

Über ihre welken, runzligen Wangen flossen dikke Tränen.

Die menschliche Gerechtigkeit hat ihr Urteil über jene unglückselige, vom Schicksal benachteiligte Frau revidiert – hätte sie überhaupt anders beschließen können? Es war sowieso auch ohne dies ein armseliges Leben gewesen, und das ist zugrunde gerichtet worden, verloren ... übrig geblieben war Agnes nur die Hoffnung, daß alles besser wird, wenn sie von dieser schweren irdischen Pilgerfahrt und von der Plage ungewisser Sehnsüchte eines gebrochenen, geistig behinderten Geschöpfes erlöst sein wird.

Was hältst du, mein lieber Leser, von jenen Menschen, die derart dreifach Geschlagenen auch noch den Glauben rauben, den festen Glauben und die Überzeugung, daß der Barmherzige Vater, der alles weiß und sieht, Himmel und Erde in seinen Armen hält?

Er erfreut auch so ein verschmähtes, beladenes, von den Menschen getretenes Wesen, das hofft ... und hofft ...

Die epidemische Augenkrankheit

»Oční nákaza«

Die ersten Gerüchte von einem bevorstehenden Krieg kamen schon im Frühling des verhängnisvollen Jahres 1866 auf. Sie fanden ihren Weg auch in die verstecktesten, von der Welt am meisten abgelegenen Gemeinden des Mittleren Böhmerwaldes, und unsere biederen Wäldler führten zu diesem Thema manchmal höchst sonderbare Gespräche. Eine gewisse unwillkürliche Vorahnung von dem, was kommen soll, stellt sich bei den Menschen nach bestimmten Regeln ein: Die Leute irren sich selten, auch wenn sie ihren Vermutungen einigermaßen verwirrend, einen Gebildeten vielleicht sogar befremdend, Ausdruck verleihen.

Zu jener Zeit lebte in einem Haus in Schlösselwald ein Austrägler, ein uralter Mann, der sich noch an die Napoleonischen Kriege vom Anfang unseres Jahrhunderts [der Autor meint das 19.] erinnern konnte. Alle Vorstellungen von Bösem und Grauenvollem, die in dem schneeweißen, immer noch mit dichten Locken bewachsenen, aber vom Alter geschwächten Kopf entstanden, verschmolz und verknüpfte er mit dem Namen des Kaisers Napoleon, wobei er aber ständig den ersten und den zweiten Träger dieses Namens durcheinanderbrachte. Jener Uralte, der sein Leben lang in den heimatlichen Wäldern, aus denen er nie hinausgekommen war, als

Holzhauer gearbeitet hatte, wurde mit einem Schlage zum Propheten und versammelte alle Leute, die informiert werden wollten, um sich. Er hatte eine Vorliebe für schwer durchschaubare Formulierungen, welche mehrfache Deutungen zuließen. Dessen ungeachtet widersprach ihm niemand, und alle hörten ihm beinahe atemlos zu, wenn er predigte und erzählte. Allein die glühenden Funken der Buchenspäne, die zischend in das mit Wasser gefüllte Schaff unter dem Leuchter fielen, störten den eintönigen Redefluß, der in der höhlenartigen, dumpfen, schwach erleuchteten, verrußten Stube nicht anders wirkte, als kämen die Worte aus einem Grab heraus.

»...das wird – das kann nicht sein. Der Preuß' gewinnt und gewinnt nicht. Allein wird er nicht fertig mit uns; ach, woher denn. Wie soll denn ein König über einen Kaiser siegen? Das wär' nicht nach dem Willen Gottes. Aber der Franzos' hilft ihm, der Kaiser Napoleon. Er streckt die Hand gegen unsern Landesherrn aus und sagt: ›Schluß!‹ – Und dann schreibt er Briefe, damit er ihn ernähren und schonen soll, und der Preuß' fällt uns heimtückisch in den Rücken. Dann ist Schluß!«

So pflegte der alte Holzhauer daherzureden, und nach derartigen Prophezeiungen folgte eine ausführliche Beschreibung des Roten Reiters, der im Galopp über die Gräber reitet, über alte und frische, und eine weitere Prophezeiung vom fürchterlichen Ende des böhmischen Landes. Was er von der Völkerschlacht bei Leipzig, von der grauenvollen Flucht Napoleons aus Rußland gehört und behalten hatte, das übertrug der Alte auf die Zukunft, und da gab's so viele Greuel, daß sich den Zuhörern die Haare auf den Köpfen sträubten.

»So wird's, und nicht anders!« – mit diesen Worten beendete er gewöhnlich seine Weissagungen.

Dann duckten sich die Frauen und Mädchen auf der Ofenbank und in den Winkeln, bekreuzigten sich, dachten an ihre Söhne, Brüder und Verehrer und falteten in stummem Schauer die Hände. Und es wurde ihnen nicht leichter ums Herz, wenn der Alte mit neuen Verkundigungen fortfuhr: »Ach! Ach! – Das Militär allein wär' ja gar nicht am schlimmsten! – Aber nach den Soldaten kommt die Pest, und mit ihr und nach ihr der Hunger und die Teuerung. So war's im Elfer-Jahr, als dreißig Kreuzer so viel wert waren wie zwei Groschen. Und bevor das neue Jahr kommt, sind wir unter den Preußen, und die dort – er zeigte mit der Hand in die Richtung nach Bayern – die dort sind dann unterm Franzosen, wie sie's ohnehin schon gewesen sind.«

So redete der Alte beinahe tagtäglich. Wenn es dann schon recht spät wurde, gingen die Zuhörer auseinander und zerstreuten sich. Ihnen grauste es ordentlich. Durch Wald und Moor kehrten sie nach Hause zurück, und ihre verschreckte Phantasie ließ sie überall »Zeichen« sehen, wohin das Auge auch schaute.

Auf den Wipfeln der Fichten sahen sie Flammen züngeln, die, von Baumspitze zu Baumspitze hüpfend, einen Reigen aufführten. Aus dem Moor tauchten gespenstische Schatten auf, erhoben neblige Arme zum Himmel, und eine Kälte ging von ihnen aus, daß das Blut in den Adern erstarrte. Und aus den Tiefen der Wälder drang ein Getöse und Heulen ans Ohr, furchterregende Laute, die niemals zuvor zu hören gewesen waren.

Noch nie hatten die Leute so viel gebetet wie jetzt; es schien, als wäre eine Zeit des großen Buße-Tuns angebrochen...

Man kann nicht behaupten, daß Mani [Böhmerwäldler Kurzform für Emanuel], der Sohn eines

Häuslers vom Brenntennberg, der nach der dort üblichen Art »Wenzel-Mani« genannt wurde, von Natur
aus ein sentimentaler Jüngling gewesen wäre. Er war
auch kein Angsthase, denn trotz seines jugendlichen
Alters – gerade in diesem schicksalsschweren Frühling sollte er einrücken – hatte er bei verschiedenen
Raufereien schon vielfach seine Kraft und seinen Mut
bewiesen. Und die Schönen und weniger Schönen aller vier Stadler Anteile, welche die weit ausgedehnte
Gemeinde bilden, die auf seltsame Art und Weise
amtlich als »Stadler Anteil, Teil I«, »Teil II« u.s.w.
bezeichnet wurden und bis zum Jahre 1848 den klang-
vollen Titel »Künisches [königliches] Freigericht«
führten, achteten ihn hoch und schätzten ihn sehr.

Jener Mani war der zweite Sohn einer Witwe, die
außer ihm noch fünf Kinder hatte. Sein älterer Bruder war bereits verheiratet; Mani hatte daher kein
Anrecht mehr, vom Militärdienst freigestellt zu werden.

»Du hätt'st auch schon heiraten können, du Hallodri!« fuhr eines Tages die Mutter in der ihr eigenen
zärtlichen Art auf Mani los. »Wenn du schon verheiratet wärst, müßtest du nicht zum Militär. Aber zum
Heiraten hast du ja keine Lust, weil du dann mit deinem liederlichen Lebenswandel aufhören müßtest.«

Diese Zurechtweisung erfolgte gerade zu jener
Zeit, als die ersten Kriegsgerüchte laut wurden. Damals ging Manis Mutter des öfteren nach Schlösselwald, regelrecht begierig darauf, den Weissagungen
des alten Holzhauers zu lauschen. Jedesmal kehrte
sie sehr erregt nach Hause zurück und konnte es
nicht lassen, ihren Kindern von den Greueln zu erzählen, die sie aus dem Munde des Propheten zu hören bekommen hatte. Was sie dann noch an »Zeichen« am Himmel und auf Erden mit eigenen Augen
gesehen hatte, wie sollte sie ihnen diese verschwei-

gen? Ihre gesamte Nachkommenschaft bekam wegen dieser Erzählungen derart Angst, daß sich die Kinder kaum noch aus dem Hause trauten, und selbst Mani fühlte sich unbehaglich. Nach dem Zeugnis glaubwürdiger Leute redete er bei den Unterhaltungen mit seiner teuren Cäcilie angeblich nur noch über Tod und Verderben, so daß das eben erwähnte Fräulein, das ohne sonderliche Anstrengung eine scheu gewordene Kuh bändigen konnte, viel und jämmerlich weinte. Doch die Ereignisse, welche diesen Tränenstrom zum Versiegen brachten, überstürzten sich.

Außer vom Militär sprach man zu jener Zeit in der ganzen Gemeinde hauptsächlich noch davon, daß der Hofmann-Martin, der reichste Bauer weit und breit, der im vergangenen Jahr Witwer geworden war, seinen stolzen Nacken unter ein neues Ehejoch beugen wollte. Martin war schon längst ein Vierziger, hielt sich aber stattlich, und sein Wald, sein Hof und sein Viehbestand gefielen vielen Leuten noch besser als seine untersetzte, gedrungene Gestalt. Es besteht kein Zweifel, daß es fast kein Mädchen gab, das nicht erwartungsvoll errötet wäre, bei dem Gedanken daran, daß dieser Großbauer gerade sie zur Lebensgefährtin erwählen könnte.

Ich würde zu weit vom Thema abkommen, wenn ich mich auf eine Analyse all der Machenschaften, Ränke und Intrigen einließe, die mit dem Ziel gesponnen und geschmiedet wurden, daß der Hofmann-Martin irgendjemandem auf den Leim gehen sollte. Mädchen bemühten sich, ihn zu magnetisieren oder zu hypnotisieren, Mütter appellierten direkt oder indirekt an seine Vernunft. Die Sache war aber auch wirklich der Mühe wert, denn der Martin war zu allem anderen auch noch kinderlos, und außerdem hatte man gehört, daß es diesem Krösus nicht um eine Mitgift gehe, ja, daß er seiner Zukünftigen sogar dreitausend Gulden überschreiben lassen wolle. Das Gerücht von dieser großzügigen Spendierlaune Martins beunruhigte so manchen biederen jungen Mann viel mehr als die Aussicht, daß er gegen Preußen oder Welsche in den Krieg ziehen müsse. Was jene Befürchtungen anbelangt, hatten diese jungen Männer ihre guten Gründe – wahrscheinlich kannten sie ihre Mitwelt.

Tatsache ist, daß wenige Tage nach Cillis großen Tränen Mani eine Gelegenheit geboten bekam, über weibliche Treue nachzudenken.

Unsere Böhmerwäldler sind vorzugsweise Praktiker, und daher ist es möglich anzunehmen, daß Cillis starke Arme dem Martin weit mehr gefielen als ihre schönen Augen oder die rötlich-goldenen Zöpfe, die sie sittsam unter einem schwarzen Kopftuch verborgen trug. Doch darum geht es nicht, das Endergebnis war dasselbe.

Martin Hofmann, der ein ernsthafter Mensch und ganz und gar kein Geck war, streckte vorsichtig seine Fühler aus, und diese mußte ihm offensichtlich jemand freundlich gestreichelt haben. Denn der alte Raab – so hieß Cillis Vater – ging plötzlich mit derart hoch erhobenem Haupt herum, daß er einen halben Fuß größer erschien als bis dahin. Und Cilli weinte überhaupt nicht mehr, ganz im Gegenteil, ein stolzes Lächeln umspielte andauernd ihre korallenroten Lippen, und ihre Geschlechtsgenossinnen begannen sich über den unverschämten Hochmut zu beklagen, den sie ihnen gegenüber auf einmal zu erkennen gab.

In einer finsteren Nacht schlich Mani zum Elternhaus seiner Angebeteten und schickte sich an, über die ihm wohlbekannte Stiege zum Boden hinaufzusteigen, wo seine Schöne schlief. Er tat dies sehr vorsichtig und vermied es, irgendein Geräusch zu machen. Trotzdem mußte er gehört worden sein, denn die Raab-Mutter begann plötzlich durchdringend zu schreien. Ebenso plötzlich waren Raab-Vater und zwei seiner Söhne wie aus dem Erdboden herausgeschossen da, einer hatte sich sogar vom Heuboden auf Mani hinuntergestürzt, und alle drei zeigten eine bis dahin völlig ungewohnte sittliche Entrüstung, die es nicht bloß bei leeren Worten beließ. Es hob nämlich nicht nur ein schreckliches Schimpfen an, bei dem die verschiedensten Tiernamen benützt wurden, sondern ganz deutlich waren auch vollkommen andere Klänge zu vernehmen, dumpfe und krachende. Drei Paar arbeitsharter Fäuste kannten kein Erbarmen, und Schlag um Schlag mußte Mani einstecken. Nach kurzer Zeit sauste eine menschliche Gestalt so schnell wie eine Kanonenkugel den feuchten Hang hinunter, Wasser spritzte, Schlamm flog auf, und ein mächtiges Gefluche verstärkte diese Nachtmusik noch, bis die Gestalt im dichten Unterholz des nahen Waldes verschwunden war. Dann breitete sich wieder erhabene Stille aus.

Am darauffolgenden Sonntag trat Mani auf Cilli zu, gerade als sie aus der Kirche herauskam. – Noch ehe er den Mund aufmachen konnte, teilte ihm die liebliche Rose seiner heimatlichen Wälder ohne den geringsten Anflug von Sentimentalität folgendes mit:

»Verschwind bloß, du Lackel! Mit uns ist's aus! Du mußt zum Militär. Kann sein, daß du zurück kommst, 's kann auch nicht sein. Da müßt' ich schön blöd sein, wenn ich so eine lange Zeit auf dich warten wollt'. Und das sag' ich dir: Daß du dich ja nicht unterstehst, mich nochmals anzureden! So, jetzt weißt du's also, und verschwind von hier!«

Mani, völlig verdattert, verschwand, und in seinem Herzen entbrannte ein höllisches Feuer. Getreu den von den Vätern überkommenen Sitten und Gepflogenheiten folgend, marschierte er schnurstracks ins Wirtshaus, um diesen Höllenbrand zu löschen. Als ihm dies nicht gelang, erleichterte er sein Herz mit kurzen, geradezu lapidaren Sätzen und Ausrufen, die er mit bedeutungsvollen Gebärden unterstrich, zum Beispiel mit Zähnefletschen und wildem Auf-Den-Tisch-Dreschen. Seine mittrinkenden Gefährten hatten volles Verständnis für seinen Schmerz und versprachen, ihm bei der Rache zu helfen.

Inzwischen verstrich die Zeit weiter, und je näher der Tag der Musterung rückte, desto größer wurde die Herzensangst von Manis Mutter. Den Weissagungen des alten Holzhauers nach bestand nämlich nicht der geringste Zweifel daran, daß kein einziger der Einberufenen zurückkommen würde. Was unseren besagten Jüngling anbelangt, änderte sich seine Stimmung auf wundersame Weise. Am Anfang erfüllte schwärzeste Melancholie seine Seele, und seine Reden liefen darauf hinaus, daß es ihm am liebsten wäre, wenn er in Uniform gesteckt und Italiener oder Preußen seinem jungen Leben, in dem ihm bis zu seinem Tode ohnehin keine Blume mehr erblühen würde, ein Ende bereiteten. Doch im Laufe der Zeit gewannen die Rachegelüste die Oberhand. Cillis schändliche Treulosigkeit durfte nicht ungestraft bleiben, und dazu war es notwendig, daß er am Leben blieb. Diesbezüglich gab ihm seine Mutter recht.

Ach, wie sich die Mutter sorgte! Sie erfuhr von einer Frau, weit draußen im Bayerischen, die besondere Zauberkräfte besaß und dazu neben anderen vortrefflichen Sachen auch noch mancherlei geheime Mittelchen kannte, mit denen man vorübergehend körperliche Gebrechen vortäuschen konnte.

Mani machte sich zu jener Frau auf. Am nächsten Tage kehrte er zurück und brachte ein kleines Fläschchen mit, gefüllt mit einer grünlichen Flüssigkeit, die angeblich unfehlbar half, obwohl sie nur fünf

Silbergulden gekostet hatte. Diese Tinktur müsse er in die Augen reiben, hatte die Zauberkundige gesagt, er werde über die Wirkung sehr erstaunt sein.

Gleich nach der Heimkehr probierte Mani, den Anweisungen der Frau folgend, zu Hause das Mittel aus. Die Wirkung überraschte ihn tatsächlich nicht wenig. Seine blauen Augen wurden schwarz, die Pupillen erweiterten sich schrecklich und gaben seinem Gesicht einen schauerlichen Ausdruck. Als die Mutter das sah, schlug sie die Hände überm Kopf zusammen und schrie entsetzt laut auf. Auch der Bursche erschrak gewaltig, denn sein Augenlicht verfinsterte sich.

Er durchlebte eine arg unruhige Nacht, aber am Morgen konnte er wieder gut sehen, und seine Augen sahen aus wie früher.

Nun ereigneten sich erstaunliche Dinge: Mani war das, was man eine gute Haut nennt. Als sein Herz am ärgsten bedrückt gewesen war, als er seinen Kummer Freunden und Gefährten geklagt hatte, hatten jene immer treu zu ihm gestanden und ihm ihre Hilfe versprochen. Warum sollte er sich ihnen dafür nicht dankbar erweisen? Was lag ihm daran, die Musterungskommission als einziger zu überlisten? Er wird seinen Kameraden helfen. Am Tag der Musterung werden alle erblinden, damit ihnen der mörderische Militärdienst erspart bleibt. Er hilft ihnen, und auf ihn fällt der Glanz, der Zauberei kundig zu sein. Die Väter und Mütter der Freigestellten brauchen von den Einzelheiten nichts zu erfahren. Mani hilft sich und seinen Freunden, und damit hat sich's. Mani ist ein Schlauer, sein Ruhm wird nicht vergehen.

Wieder war es Sonntag. Im Wirtshaus bei der Kirche wurde nach der Messe die Generalprobe durchgeführt. Manis Fläschchen enthielt so viel von der wunderwirkenden Flüssigkeit, daß man damit die

Pupillen sämtlicher wackerer Bewohner der ausgedehnten Gemeinde namens Freigericht Stadeln – Anteil, Teil I erweitern konnte, von den Pupillen der paar zukünftigen Rekruten ganz zu schweigen.

Und siehe da! Im Wrtshaus saßen etwa zwölf Burschen, schrecklich anzuschauen, die riesigen Pupillen nach oben verdreht, mit erstarrtem Blick, und wer sie sah, erbebte erschaudernd. Die Augenkranken, soweit es sie anbelangte, sahen zwar wenig, tranken dafür aber umso mehr und gefielen sich in rätselhaften Reden.

Diejenigen, welche in die Hintergründe dieses schrecklichen Versuchs nicht eingeweiht waren, kamen aus dem Entsetzen und Staunen nicht heraus. Noch am selben Tag verbreitete sich in allen Orten des hinteren Böhmerwaldes die Kunde, daß in der oben genannten Gemeinde eine epidemische Augenkrankheit ausgebrochen sei.

Die Generalprobe war großartig gelungen.

Wer hätte am Tag der Musterung in Schüttenhofen nicht gestaunt, als er sah, wie sämtliche Wehrpflichtigen des Freigerichts Stadeln – Anteil, Teil I mit verbundenen Augen ankamen! Unter den übrigen Rekruten waren sie eine ungeheure Sensation. Die von dem Augenleiden Befallenen machten einen sehr niedergeschlagenen Eindruck, johlten nicht, sangen nicht, ja, sie redeten sogar fast nichts. Die Musterung begann um acht Uhr. Ungefähr um Viertel nach acht rief der Unteroffizier:

»Nummer zehn! Franz Hofmann, alias Heinzinger, Hausnamen Schwarz, aus Stadeln – Anteil, Teil eins!«

Vor der Kommission erschien eine stämmige Gestalt, die mit zitternden Händen ein schwarzes Tuch vor den Augen losband.

Der Regimentsarzt wurde zusehends erstaunter, als er den Ausdruck der Augen wahrnahm. Aber seine Verblüffung dauerte nicht lange, denn, zur Kommission gewandt, rief er:

»Nicht zu glauben! Dieser Bursche hat Atropin zur Erweiterung der Pupillen verwendet, um ein Augenleiden simulieren zu können!«

Der Bürgermeister der Gemeinde Stadeln – und so weiter, der auch Mitglied dieser Kommission war, erhob sich und erklärte in seinem Dialekt, den den übrigen Mitglieder nur mit Mühe verstehen konnten:

»Das ist so eine Sucht, die bei uns umgeht – wir wissen nicht, wo die hergekommen ist.«

Diese Ausführungen halfen weder dem Hofmann, alias Heinzinger, Hausnamen Schwarz, noch den anderen Wehrpflichtigen jener von der Epidemie befallenen Gemeinde. Im Gegenteil, sämtliche anderen betroffenen Rekruten wurden sofort vernommen, und die ganze Sache, nach Ansicht des Anstifters ungeheuer schlau eingefädelt, kam ans Licht. Franz Hofmann u.s.w., Mani und die paar anderen wurden für diensttauglich erklärt und gleich in Arrest gesteckt. Natürlich wurden sie auch ausgelacht, denn Schadenfrohe fanden sich rasch.

Außerdem kündigte der politische Chef des Bezirkes an, daß er auf dem entsprechenden Weg eine Anzeige gegen die Frau im benachbarten Bayern erstatten werde, weil sie einen Absud von Tollkirschen (belladonna) verkaufe, und das noch für fünf Gulden je Fläschchen.

Als die Kunde von den Ereignissen, die sich in Schüttenhofen abgespielt hatten, in die heimatliche Gemeinde gelangte, verursachte sie dort viele Tränen und Beschuldigungen. Der Prophet verkündete, daß der Teufel höchstpersönlich seine Hand in der ganzen Angelegenheit gehabt habe, und daß die Folgen für diejenigen, die darin verwickelt gewesen seien, schrecklich werden würden.

Darüber, daß das Verhältnis zwischen Mani und Cilli bestimmt sehr viel mit diesem aufsehenerregenden Ereignis zu tun habe, wurde so viel getratscht, daß selbst Martin Hofmann Bedenken bekam und aufhörte, um Cilli zu werben. Die Schande und das Gelächter, die dem betroffenen Mädchen daraus erwuchsen, rächten den unglücklichen Mani, und dessen Freunde, soweit sie zu Hause geblieben waren, verschärften die Rache noch dadurch, daß sie Cilli bei den großen Tanzveranstaltungen schnitten.

Für den zum Militär eingezogenen Mani ging die Sache am schlimmsten aus: Er wurde dem berühmten 18. Jägerbataillon zugeteilt. Bei Sadova [Schlacht bei Königgrätz, 3. 7. 1866, Preußen besiegen Österreicher und Sachsen] wurde er schwer verwundet und geriet in preußische Kriegsgefangenschaft. In irgendeinem schlesischen Lazarett wurde ihm das von zwei Kugeln zerschmetterte Bein amputiert. Es dauerte ein paar Monate, ehe er in den heimatlichen Böhmerwald zurückkehrte, als elender Krüppel, arbeitsunfähig auf Lebenszeit. Seine Freunde dagegen, die ins 11. Infanterie-Regiment gekommen waren, schlugen sich in Südtirol mit den Freiwilligen Garribaldis und kehrten allesamt glücklich und unversehrt heim.

Innerhalb eines Jahres heiratete Cilli einen Holzhauer im Dienst beim Fürsten und schenkte ihm eine zahlreiche Nachkommenschaft. Sollte sie jetzt noch leben, wird es ihr kaum besonders gut gehen, denn die goldenen Borkenkäferjahre, in denen Holzhauer eine Menge Geld verdienten, sind vorbei. Schlechte Zeiten folgten; Holzhauer dürfen jetzt nur mehr eine Kuh halten, und die ist gewöhnlich dürrer als jene, welche der ägyptische Pharao im Traum gesehen hat. Es ist nämlich nicht mehr erlaubt, die Kühe im fetten Gras der Waldlichtungen weiden zu lassen, wie das früher üblich gewesen ist.

Es wäre wahrhaftig nicht erstaunlich, wenn über Cillis Kopf all jene Verwünschungen in Erfüllung gegangen wären, mit denen das Mädchen von Manis Mutter bedacht worden ist. Letztere hat nämlich nie aufgehört, ihr die Schuld an allem Unglück anzulasten, das ihrem Sohne widerfahren ist.

Zwei Schlaumeier

»Dva chytráci«

Das Dorf Sonnberg gehörte bis vor kurzem zur Gemeinde Rehberg und zum Bezirksamt Bergreichenstein. Es ist erst ein paar Jahre her, daß sich die
Sonnberger und gemeinsam mit ihnen die Bewohner
von vier, fünf anderen Dörfern zusammentaten, eine
eigene Gemeinde gründeten, sich von Rehberg los-
sagten und dem Bezirk Hartmanitz anschlossen. Angeblich ging es ihnen deshalb so schlecht, weil sie für
die Instandhaltung von Bezirksstraßen zahlen mußten, von denen sie überhaupt nichts hatten, und für
die Regulierung der Wottawa, was ihnen auch keinerlei Nutzen einbrachte. An all ihren Nöten war der
Bezirk Bergreichenstein schuld. Wenn es den nicht
gegeben hätte, lebten sie heute noch, so wie vor etwa
dreißig Jahren der ehrenwerte Matthias Hinzel, ein
Sonnberger Bauer.

Jenem Hinzel gehörte eine ganze große Hufe
Land [entspricht etwa 10 Hektar, bzw. rund 30 Tag-
werk], seine Söhne besitzen gar nichts mehr davon,
überhaupt nichts. Zum Teil leben sie jetzt als Hausie-
rer, zum Teil sind sie weggezogen und haben ihre Not
in andere Winkel und Länder mitgenommen. Felder
hatte Hinzel, wenn man's genau nimmt, zwar nicht im
Überfluß, und viel wuchs auch nicht darauf, aber
Wald besaß er, in dem er prächtige Bäume fällen
konnte, und außerdem auch Weideland, das ihm un-

gefähr fünfundzwanzig Stück Vieh düngten. Gott weiß, daß er all das gar nicht anders verlieren konnte als durch die Schuld des Berger Bezirks [«Berg« ist die im Böhmerwald gebräuchlich gewesene Kurzform von »Bergreichenstein«]. Ob der Bezirk Hartmanitz auch andere Halb- oder Ganzhufner gerettet hätte, wenn sie sich ihm rasch genug angeschlossen hätten, als ihn der verstorbene Herr Dr. Herbst, Herr auf Kundratitz, ins Leben rief, das wissen auch nur die Götter. Jedenfalls ist es eine merkwürdige, völlig sonderbare Sache, daß dieser Hinzel seinen Hof nicht hat halten können.

So ein Siebengescheiter war er, daß es weit und breit nicht seinesgleichen gab. Von ihm wurde angenommen, daß er sogar den Tod überlisten würde, wenn der kommen sollte, ihn zu holen. Doch das hat er nicht geschafft, der Arme!

Es gibt Menschen, die gar nicht wissen, wie schlau sie sind, von anderen wiederum wissen es ihre Zeitgenossen nicht. Aber Hinzel kannte seinen Wert, und andere kannten ihn auch. Man brauchte ihn nur anzuschauen, und schon wußte man's. Eine hohe, kahle Stirn; kleine, unstete Augen, deren Farbe ins Grüne spielte, und ein entschlossener Zug um den Mund verrieten seine außergewöhnliche Begabung.

In Bergreichenstein lebten zu jener Zeit zwei Advokaten, die schon jedesmal schmunzelten, wenn die Stufen zu ihren Kanzleien unter dem schweren Tritt jenes Dorfgewaltigen erdröhnten, der sie konsultieren kam, obwohl er gewöhnlich keine formellen Rechtsstreitigkeiten hatte. Es versteht sich, daß sie ihm Rechnungen schickten, wenn nicht aus anderen Gründen, dann wenigstens aus dem, daß er sie nicht stundenlang belästigen kommen sollte. Und Hinzel zahlte ohne Widerspruch.

Es fanden sich auch Dummköpfe, die behaupteten, daß Hinzel den beiden Herren freiwillig Steuern von seinen schwer verdienten Groschen entrichtete. Er jedoch, wenn er solches Gerede hörte, sagte dann irgendwann in einem Wirtshaus, und das recht laut, damit es alle hören konnten:

»Ich bin ich, und was ich mir erlauben darf, gilt nicht für andere. Wenn ich in die Stadt zu den Advokaten geh', dann tu ich's, um ihre Kenntnisse zu prüfen. Wenn ich sie dafür bezahle, dann sind das Taxen für die Prüfungen, die ich abhalte, damit ich sagen kann, daß ich mehr weiß, als diese beiden Advokaten zusammen.«

Während jener Erklärung überzog ein Ausdruck übermenschlicher Schlauheit sein Gesicht, und es erübrigt sich eigentlich, noch anzuführen, daß jene, die ihn hörten, vor Bewunderung verstummten, und daß Hinzel einen glänzenden Triumph feierte.

Das ist die eine Hauptfigur des kleinen Dramas, das sich vor etwa zwanzig Jahren abgespielt hat. Die andere herausragende Rolle spielte eine Persönlichkeit, die zu ihren Lebzeiten im ganzen Bezirk bekannt war, ein einigermaßen zweifelhafter Ehrenmann, der ohne jeglichen Befähigungsnachweis sämtliche möglichen Geschäfte, Handwerke und freien Künste betrieb und noch einige unmögliche dazu. Klein und flink wie ein Wiesel, durchtrieben wie ein Fuchs, falsch wie eine Katze, geschmeidig wie Schlangen und wie ein jagender Dachs hartnäckig seine kleinen, zwielichtigen Ziele verfolgend, das war Herr Kaštánek. Im Grunde genommen war er die für seine Mitmenschen geflochtene Geißel Gottes und Objekt ihres unverhohlenen Mißtrauens. Nichtsdestotrotz liefen sie ihm eifrig in die Fänge.

Herr Kaštánek war alles mögliche: er hatte ein Gasthaus, in dem er ein fürchterliches Bier ausschenkte, welches er so lange pries, bis die Bauern glaubten, daß sie Malvasier und Nektar tränken. Er war ein Winkeladvokat, und als solcher übertölpelte er fromme Gemüter ebenso wie dickköpfige Besserwisser. Er beherrschte verschiedene Kartenkunststücke, was ihm die Möglichkeit bot, seinen Gästen im Spiel das abzunehmen, was ihnen geblieben war, nachdem sie für die getrunkenen oder auch nicht getrunkenen Biere bezahlt, ihre Quartalsrechnungen beglichen und die damit zusammenhängenden üblichen Stempelgebühren entrichtet hatten. Außerdem handelte er mit Holz und Vieh, das eine Mal zu seinen, das andere zu fremden Lasten. In jenem letzteren Fall schnitt er immer gut ab, nicht immer und stets weniger gut dagegen seine Mandanten.

In einem war Herr Kaštánek dem Hinzel ähnlich: auch er prahlte gern mit seiner Geschicklichkeit und seiner sagenhaften Begabtheit. Es war interessant, ihm zuzuhören; er machte sich über den Großhändler lustig, den er belieferte, hie und da auch über Bauern und Gemeindevertreter, von denen er Holz zu kaufen pflegte. Er gab damit an, daß er auch den pfiffigsten Juden noch hereinlegen könne, und bedauerte nur, daß er nicht genügend Kapital habe, ein Manko, das angeblich durch seine einmalige Gutherzigkeit verursacht sei. Obwohl er seine Aktivitäten ständig im gleichen Bereich entwickelte, dessen Grenzen durch fest formulierte Gesetze genau abgesteckt waren, geschah es hie und da doch, daß die Behörden in ihrer Pedanterie meinten, daß Herr Kaštánek bei diesem oder jenem ein klein bißchen über das Erlaubte hinausgegangen sei. Wenn er in einem solchen Falle zu einer »Konferenz« eingeladen wurde, stellte er sich unglaublich dumm, heuchelte Atemnot und erweckte den Eindruck eines auf den Leim gegangenen und gerupften Gimpels, bis er schließlich von allen bemitleidet wurde.

Es schien, als hätte die Natur selbst es so gewollt, daß sich diese beiden Männer, nämlich Hinzel und Kaštánek, kennenlernen und miteinander in Kontakt kommen sollten.

Hinzel besaß ein Paar Zugochsen, auf das er nicht wenig stolz war. Zwei herrliche Exemplare, groß, weiß, an beiden Seiten des Halses braune Streifen und Tupfen, einer sah aus wie der andere. Sooft die Rede auf diese Ochsen kam, geriet Hinzel in Begeisterung, schlug mit der Faust auf den Tisch, daß die Gläser klirrten, und verkündete, jeden möglichen Einspruch im voraus mit drohendem Blick erstickend, die folgende, unwiderlegbare Wahrheit: »Ochsen sind Ochsen – aber solche Ochsen wie die meinigen findet ihr nicht, selbst wenn ihr die ganze Welt absuchen würdet, zu Fuß oder mit der Eisenbahn.«

Hinzel war einer von den Großen dieser Welt. Das Schicksal der Mächtigen dieser Erde ist es, daß andere von ihnen schmarotzen, arme Teufel, welche die Schwächen und Leidenschaften studieren, die jene Herren haben, und sich dafür auf deren Kosten den Bauch füllen. So hatte auch Hinzel seinen Trabanten gefunden, der ihm half, die Reihe der Gläser Bier zu verlängern, die mit Kreide auf einer schwarzen Tafel angeschrieben wurden. Eine sehr lange Reihe war das manchmal, die der Wirt mit einem Wisch löschte, wenn Hinzel bezahlt hatte. Mit der Zeit wuchs Hinzels Freigiebigkeit so weit, daß der besagte Trabant auf Hinzels Rechnung auch ganze Portionen von köstlichem Surfleisch essen durfte.

Ignaz, ein Sohn Jakobs, Landsmann, ehemaliger Schulkamerad und treuer Begleiter Hinzels, war so ein bettelarmer Mensch, und er war auch nicht schuld daran, daß die Leute mit Gewehren, die mit Pulver und Blei geladen sind, aufeinander schießen, und daß die Presse schlechte Artikel druckt. Ignaz ist auch nicht zu den Zeitungsherausgebern gelaufen, um mittels ihrer Hilfe den Ruhm des großen Hinzel zu verbreiten, wie es andere heuchlerische Speichellecker tun. So viel Geist konnte man von ihm nicht verlangen. Es genügte vollauf, wenn er sagte: »Auf dem Markt in Winterberg, in Bergreichenstein oder in Schüttenhofen haben sie dem Hinzel fünfhundert Gulden für seine Ochsen geboten – ich hab's selbst gehört.« – und Hinzel strahlte voller Wonne. Ignaz hatte diese erbärmliche Lüge bereits so oft wiederholt, daß Hinzel sie selbst auch schon fast für Wahrheit hielt.

»Trink Nazl!« [Böhmerwäldler Form des Namens »Ignaz«] rief er in seiner Begeisterung, »und wenn du zehn Maß austrinkst, zahl' ich sie auch ...«

Ignaz trank und überlegte dabei, ob es nicht vielleicht empfehlenswert wäre, beim nächsten Mal zu beteuern, daß Hinzel für seine gescheckten Ochsen 550 Gulden geboten worden seien.

Niemand sollte aber den Hinzel für so dumm halten, daß der geglaubt hätte, seine Ochsen wären wirklich den Preis von fünfhundert Gulden wert. Ganz und gar nicht. Auf den Wert seiner Ochsen bildete er sich auch gar nicht so sehr viel ein, wohl aber auf die Beweise dafür, wie er Leute schon hereingelegt hatte, und auf den ungeheuren Unterschied zwischen ihm, dem Schlaukopf, und den übrigen sterblichen Dummköpfen. Er wußte wirklich sehr gut, daß seine Ochsen allerhöchstens dreihundert wert waren. Wenn aber infolge des Lobes, das allerorts im Zusammenhang mit den hervorragenden Eigenschaften dieser Vierbeiner verbreitet wurde, sich ein Dummer finden ließe, der vierhundert Gulden zahlen würde, wäre das nicht ein überzeugender Beweis für seine, Hinzels, Geschicklichkeit? Es besteht kein Zweifel daran, daß sich auch mehrere Ignaze hätten auftreiben lassen, die sofort behauptet hätten, daß jene Ochsen kaum zweihundert wert seien; aber sie für vierhundert zu verkaufen, wer könnte das außer dem Schlaukopf Hinzel noch schaffen?

Es ist überflüssig anzumerken, daß Hinzel gegen diese neu geschliffene Darstellung der Angelegenheit nicht protestiert hätte.

Aber es wird Zeit, daß wir wieder zu unserer Erzählung zurückkehren.

Eines Abends im Herbst saß Hinzel in seiner Stube und genoß die wohlverdiente Ruhe nach einem anstrengenden Tag. Da trat ein bekannter Schmuser ein [Schmuser = Vermittler von Eheschließungen, Vieh-Holz- und Grundstücksgeschäften], nahm mitten im Raum seinen Hut ab, wünschte einen guten Abend und setze sich, die in diesen entlegenen Gegenden geltende Etikette genau befolgend, auf die Ofenbank.

Nach gut zehn Minuten fragte der Hausherr: »Wo kommst denn her?« und reichte ihm einen großen Laib Brot zu, in dem ein Messer steckte.

»Weit und breit ist Euer Brot das allerbeste,« lautete die diplomatische Antwort, und zu ihrer Bekräftigung begann der Ankömmling fest zu essen, ehe er nach einer beträchtlich langen Weile sagte: »Aus dem Bayerischen komm' ich – kein Geschäft ist jetzt dort zu machen. Eine Sauerei ist das, ... mein Lebtag lang hat es so was nicht gegeben. Aber hört mal, ... zufällig fällt mir's gerade wieder ein, der Kaštánek tät' ein Gespann brauchen, ein Paar schöne Ochsen, stark, jung ...«

In Hinzels Augen leuchtete es auf. »No, ein Paar Ochsen wird nicht so schwer zu finden sein.«

»Dreihundert Gulden tät' er zahlen,« fuhr der Schmuser in seiner Rede fort, als hätte er Hinzels Worte nicht gehört, »vielleicht legt er sogar noch einen Zehner drauf.«

Aus Hinzels Augen schossen Blitze des gerechten Zornes; er wollte schon etwas erwidern, unterdrückte jedoch seine Antwort und begnügte sich damit, verächtlich abzuwinken.

»Ich hab's ihm gleich gesagt, daß Ihr für diesen Preis Eure Ochsen nicht hergebt,« meinte der Schmuser.

»Das freilich nicht, Freunderl, das nicht,« bekräftigte Hinzel mit Nachdruck.

»Nun, vielleicht geht er noch höher,« ergriff der Schmuser wieder das Wort. »Es sieht so aus, als ging's ihm gerade darum, ausgerechnet Eure Ochsen zu kriegen. Er hat mir zwanzig Gulden mitgegeben, als Anzahlung, für Euch. Morgen sollt Ihr zu ihm hinkommen«

Ein lautes, nicht enden wollendes Feilschen hob nun an. Bei uns, im hintersten Wald, hat die Zeit keinen Preis. Das Ergebnis dieser diplomatischen Verhandlung bestand darin, daß Hinzel die zwanzig Gulden annahm und versprach, nach Berg zu kommen, wo das Geschäft abgeschlossen werden sollte. Für jeden Zehner, den Hinzel über dreihundertundfünfzig herausschlagen würde, verlangte der Vermittler einen Gulden für sich. Dann ging er, und das, obwohl es schon stockfinster war und der Hausherr ihn aufgefordert hatte, bei ihm über Nacht zu bleiben.

Am Tag davor hatte sich in Kaštáneks Gasthaus eine andere Szene abgespielt: Feinde Hinzels waren dort eingekehrt, hatten über ihn geredet und sich in seiner Abwesenheit ordentlich über ihn lustig gemacht. Es waren Bauern aus seiner Gemeinde, die sich nicht damit abfinden wollten, daß er gegen ihren Willen in den Gemeinderat berufen worden war. Es versteht sich, daß die Ochsen-Marotte des ehrenwerten Herrn Hinzel der Unterhaltung die meiste Würze gab.

Reden hin, Reden her, Witze flogen wie Raketen, laut und krachend, ganz und gar zu dem recht groben Kaliber passend, welches die Natur jenen wackeren Dörflern gegeben hat. Auf einmal trat Kaštánek hinzu, der bis dahin schweigend seine mit Gift, das er »Bier« nannte, gefüllten Krüge auf- und abgetragen hatte, und seine Stimme übertönte den Lärm:

»Was wettet ihr, daß er mir seine Ochsen für zwanzig Gulden verkauft?«

»Eh, eh, eh!« – »Lassen Sie sich einglasen!« – »Binden Sie diesen Bären andern auf!« – »Hallo, ich wette um einen halben Eimer Bier dagegen!« – grölten, brummten, johlten und schrien die verschiedensten Stimmen durcheinander.

Am Tag darauf wurde jener Schmuser nach Sonnberg geschickt, wo er seinen Auftrag in der Weise ausführte, wie es vorher beschrieben worden ist.

Hinzel machte sich also nach Bergreichenstein auf. Er trug den Kopf hoch und rechnete ununterbrochen, was ihm den langen Marsch auf den miserablen, vom Regen ausgewaschenen, mit Steinen übersäten Weg verkürzte. Als er das Haus des berüchtigten Kaštánek betrat, konnte er sich eines Gefühls des Mißtrauens nicht erwehren. Aber im Hintergrund seiner Gedanken bauten sich schillernde und glänzende Bilder auf, Bilder waren das, die seine geistige Überlegenheit über den gerissenen Winkeladvokaten zeigten. Spätere Generationen würden von ihm erzählen: »Was für ein Schlaukopf dieser Hinzel doch gewesen ist! Der hat's sogar dem Kaštánek gezeigt, der seinerseits einen ganzen Haufen der allerdurchtriebensten Juden hereingelegt hat. Für vierhundert Gulden hat der dem ein Paar Zugochsen angedreht, die kaum dreihundert wert gewesen sind ...«

Das Handeln und Feilschen spielte sich erst in der herkömmlichen Art und Weise ab, bis es Kaštánek damit beendete, daß er freundlich sagte: »No, wenn Sie wirklich nicht anders wollen, dann geb' ich also vierhundert, denn die Ochsen sind prächtig, und ich will sie unbedingt haben. Sie müssen sie mir aber noch heute herschicken oder, wissen Sie was? Bringen Sie sie morgen – wir machen uns einen schönen Tag, ich geb' ordentlich einen aus. Dann zahl' ich Sie auch aus!«

Ganz glühend vor Freude machte sich Hinzel auf den Heimweg und kehrte am Tag darauf, zu Mittag, mit seinen Ochsen in die Stadt zurück.

Kaštánek führte ihn ins Herrenzimmer und begann, ihn mit einem auserlesenen Mahl zu bewirten. Nach dem Mittagessen kamen einige geladene Freunde hinzu, und man fing an zu trinken, daß sich die Balken bogen. Als sich zur Abendessenszeit das Gasthaus mit der Gesellschaft füllte, die gewöhnlich dort zusammenkam, als sich auch die »Herren« eingefunden hatten, veränderte sich unter dem Einfluß des Bieres Hinzels polternde Redeweise, es wurde ein nuschelndes Lallen daraus. Ständig mischte er sich in die Gespräche der Herren ein und erregte mit seiner Aufdringlichkeit allgemeinen Unwillen.

»Kaštánek!« rief schließlich der Stadtschreiber, »werfen Sie diesen besoffenen Esel raus! Er stört unsere Unterhaltung.«

Kaštánek forderte Hinzel auf, sich anständig zu benehmen, und schloß mit den Worten: »Schweigen Sie Hinzel! Ich schätze Sie ja anderweitig, aber, wenn die Herren reden, ziemt es sich für Sie, die Gosche zu halten. Sie haben mich hoffentlich verstanden!«

Kaštánek kannte seine Pappenheimer. Er hatte richtig vorausgesetzt, daß die Rüge, die er ihm verpaßt hatte, den stolzen Bauern gehörig in Wut bringen mußte. Hinzel richtete sich auf, mit einem

Schlag lallte er nicht mehr, wie durch Zauberkraft bewirkt, hatte er seine Stimme wiedergefunden.

»Was? Was für Herren sollen da sein?« brüllte er, daß die Fensterscheiben klirrten. »Ich bin der Herr! Ich rede und werde reden, solange es mir paßt. Die übrigen werden das Maul halten!«

Diese Worte schlugen ein wie Geschoße. »Ihr erbärmlichen Schreiberseelen!« gröhlte Hinzel, »Ihr wollt Herren sein? – Von solchen Herren wiege ich leicht zwanzig auf. Knechte seid Ihr, Sklaven, für die ich bezahle. Ich werd' Euch gleich beweisen, was ich darf und was ich kann!«

Und zur Bekräftigung seiner Worte fing er an, die Gläser zu zerschlagen. Einige der Gäste, – niemand weiß, ob das nicht sogar abgesprochen war, denn nach Gentlemen sahen sie nicht gerade aus – taten so, als würden sie ihm zustimmen, feuerten ihn an und hetzten ihn zu noch mehr Raserei auf.

»Was ich zerschlag', das bezahl ich auch!« brüllte er und bewies seine Kraft an ein paar wackeligen Tischchen, woran ein bestimmter Teil der Gäste offensichtlich Gefallen fand.

»Zeigen Sie diesen Herren dort,« stachelte ihn ein verlottert aussehendes Individuum an, »daß Sie der Herr sind und über jenen dort stehen! Spielen Sie Billard! Das können Sie ebenso gut wie jene Herren!«

Der Versucher reichte dem Bauern einen Billardstock.

Nehmen Sie zur Kenntnis, verehrte Leser, daß in Kaštáneks geräumiger Schankstube ein richtiger Billardtisch stand, zwar etwas abgenutzt, aber immerhin ein Billardtisch. Sein Bezug, vor Zeiten einmal grün, wies entsetzliche Flecken auf und ähnelte einer phantastischen Landkarte. Über dem Tisch hingen nämlich zwei schmierige Petroleumlampen,

bei denen allem Anschein nach nicht allzu sehr aufge-
paßt wurde, wenn sie nachgefüllt wurden.

Der Bauer nahm den Billardstock in die Hand.
»Ich und nicht spielen können? In diese Kugeln da
hineinstoßen?« fragte er. »Das möcht' ich doch mal
sehen! Übrigens, wenn ich spiele, bezahl' ich auch.«

Wie ein Wilder stieß er mit dem Billardstock auf
die Kugeln ein, schleuderte sie über den Tischrand,
riß ein Loch in die Tuchbespannung, zerbrach mit einem Mordskrach den Billardstock, nahm unverzüglich einen neuen, mit dem er ebenso verfuhr, und
schrie dabei: »Macht mir das nach, Ihr Herren! Ich
kann mir das erlauben, weil ich das Geld dazu hab'!
Damit Ihr das wißt, Ihr Schreiberlinge!«

Einige der Gäste ärgerten sich, andere wieherten
vor Vergnügen. Der Wirt lächelte zufrieden und rieb
sich verstohlen die Hände.

Doch alles der Reihe nach, bis zum Ende: Je länger desto wilder führte sich Hinzel auf. Zuletzt zer-
schlug er mit dem Billardstock die beiden Lampen
und begann den Herren zu drohen, daß er sie auswei-
den werde wie Frösche. Als er von jemandem auf das
Gesetz hingewiesen wurde, äußerte er sich sehr abfäl-
lig darüber und hätte vielleicht sogar noch Schlimme-
res gesagt, wenn nicht plötzlich der Hausknecht auf-
getaucht wäre und ihm ganz aus der Nähe in die Augen geschaut hätte. Jenes Exekutiv-Organ Kaštáneks
führte die Katastrophe dieses Dramas herbei. Mit einem wuchtigen Stoß schleuderte er Hinzel gegen die
Tür und hinaus und verkündete damit allen Anwesenden, auch denjenigen, welche wegen der fehlenden
Beleuchtung nichts hatten sehen können, daß die
Vorstellung zu Ende sei.

Draußen im Hausflur wehte dagegen wieder ein
milderer Wind. Kaštánek behandelte den fluchenden,
die ganze Welt verwünschenden Hinzel ungemein

freundlich und geduldig. Mit Hilfe seines Hausknechtes schaffte er ihn in irgendeine stille Kammer und redete ihm überaus sanft zu, bis er eingeschlafen war...

»Verdammt nochmal!« sagte am Tag darauf Hinzel, wobei er verwundert herumschaute und sich die Augen rieb. »Irgendwie brummt mir der Schädel. Gestern muß ich ziemlich lustig gewesen sein.«

»Das schadet nicht,« antwortete ihm Kaštánek gut gelaunt, »jeder anständige Mensch schlägt ab und zu mal über die Stränge.«

»Ich mein', für mich wär's Zeit, nach Haus' zu geh'n. Seien Sie so freundlich und zahlen Sie mir ...«

»Gleich, sofort. Erlauben Sie mir nur, daß ich Ihnen auch meine Rechnung gebe. Wie Sie gesagt haben, Sie sind ein bißchen lustig gewesen. Ein Mensch wie Sie kann sich schon mal eine kleine Gaudi erlauben.«

Es ist nicht nötig, jeden einzelnen Posten jener detaillierten Rechnung anzuführen, bei deren Anblick Hinzels Gesicht länger und länger wurde. Aus dem ihm vorgelegten Schriftstück konnte er herauslesen, daß die zerschlagenen Gläser zwei Gulden kosteten, das mit Petroleum übergossene, uralte Bespanntuch des Billardtisches achtzig Gulden, zwei Billardstöcke dreißig, zwei Lampen zehn Gulden, und so weiter und so weiter – kurzum, die Kosten des gestrigen Vergnügens beliefen sich auf insgesamt 177 Gulden und 51 Kreuzer. In dieser Summe waren die getrunkenen Biere nicht enthalten, es war ja ein Kaufschmaus gewesen.

Hinzel protestierte. Jetzt wurde Kaštáneks bis dahin lächelndes Gesicht ernst, ja, es verfinsterte sich regelrecht.

»Bloß noch ein bißchen Geduld, werter Freund,« sagte er, nahm ein abgegriffenes Buch zur Hand und begann, mit Grabesstimme etwas daraus vorzulesen. Das fing mit der Ziffer irgendeines Paragraphen an und war in so furchterregenden Worten formuliert, daß es in Hinzels Ohren dröhnte und seine Seele mit Schrecken erfüllte, wie die Posaunen vom Tag des Jüngsten Gerichts. »Verbrechen gegen die Staatsgewalt ... böswillige Beschädigung fremden Eigentums ... wird bestraft mit schwerem Kerker von einem bis zu fünf Jahren.«

Kaštánek blätterte ein paar Seiten um und las weiter: »Beamtenbeleidigung ... Hochverrat ... zwanzig Jahre schweren Kerkers ...«

»Zeugen sind genug da,« sagte er zuletzt, während er das fürchterliche Buch zuklappte, »der Herr Gemeindesekretär, der Herr Kanzlist, der Herr Protokollschreiber beim Gericht, der Herr ...«

Hinzel war's, als bekäme er einen Schlaganfall. Aus war's mit den Protesten, er fing an, flehentlich zu betteln.

»Was mich angeht,« erwiderte Kaštánek, »ich sag' nichts, ich werde auch nicht als Zeuge gegen Sie auftreten. Aber jene Herren! – Hören Sie, das wird Geld kosten! Umsonst schweigen jene Herren nicht, die reden ja auch nicht umsonst, Aber was ist denn für Sie schon Geld? Sie können schließlich zahlen. Was sind denn für Sie schon zweihundert Gulden, die dieser Spaß kosten wird. Lassen Sie das meine Sorge sein, ich werd' denen schon den Mund stopfen! Ihre Unkosten belaufen sich auf 177 Gulden und 51 Kreuzer. 20 Gulden hab' ich Ihnen als Anzahlung gegeben, macht zusammen 197 Gulden und 51 Kreuzer. Ihnen bleiben also noch 2 Gulden und 49 Kreuzer. Die 200 Gulden, die von dem Geld für die Ochsen noch übrig sind, werd' ich dafür verwenden, die Herren zu schmieren. Sind Sie damit einverstanden, ist's gut. Wenn nicht, dann handeln Sie das selber mit den Herren aus.

Dann hab' ich eine Sorge weniger; man lebt ja sowieso nur wie ein Hund.«

Hinzel kratzte sich hinter den Ohren, und Kaštánek tröstete ihn mit vielen guten Worten. Das Ende vom Lied bestand darin, daß Hinzel die 2 Gulden und 49 Kreuzer annahm, sich höflich bedankte und abzog. Draußen wartete der Schmuser auf ihn, der nach einigem Hin- und Herreden einen Fünfguldenschein einsteckte.

In rosiger Laune, die ihm den Weg nach Sonnberg verkürzt hätte, war Hinzel nicht; aber er kam dennoch dort an. Einige Zeit hielt er sich ruhig, nicht einmal zu hören gab es was von ihm. Doch nicht allzu lange danach ertönten in den Wirtshäusern wieder seine großspurigen Reden. Vierhundert Gulden habe er für seine Ochsen herausgehandelt, das könne niemand bestreiten. Daß er sich einen Jux geleistet habe, der fast ebensoviel gekostet habe, das sei schließlich seine Sache. Für sein Vergnügen könne der Mensch sich so manches erlauben, freilich nur dann, wenn er so ein Herr sei wie er, Hinzel, der Besitzer einer ganzen Hufe.

Nun schläft er schon den ewigen Schlaf der Gerechten Gottes, und seine Kinder tragen ihm nach, daß er sich mehrere solcher Vergnügungen geleistet habe. Doch die Sonnberger behaupten, daß dies alles unerheblich sei, man hätte sich angeblich bloß früher von der Gemeinde Rehberg und dem Bezirk Bergreichenstein lossagen sollen. Einzig und allein dieser Fehler sei die Ursache dafür gewesen, daß nicht nur Hinzel, sondern auch andere um ihren Besitz gekommen wären. Darüber müsse aber Gott selbst richten.

Und Kaštánek? Jener biedere Ehrenmann lebt heute noch und das, obwohl er auch anderen seine menschenfreundlichen Aktivitäten hat angedeihen lassen. In den seligen Borkenkäferjahren soll er angeblich sehr reich geworden sein. Damals sind etliche tausend Klafter Holz aus dem Böhmerwald durch seine Hände gegangen. Er hat ein ausgezeichnetes Gedächtnis, und es ist noch gar nicht so lange her, da erzählte er witzig – und erregte damit großes Gelächter – wie er für zwanzig Gulden ein Paar Zugochsen gekauft habe, und wie danach so mancher Eimer Bier, vom Wettgeld bezahlt, bei ihm getrunken worden sei.

Ob er wohl einmal auch von dem dummen Hinzel träumt? Gewiß wäre das ein lustiger Traum, bei dem ihn kein Alp drückt.

Der Sohn des Freirichters

»Rychtářův syn«

Die Schätzenreither Hütten! Wenige meiner geschätzten Leser werden von ihnen gehört oder sie gar gesehen haben, dazu muß man schon oft im Böhmerwald gewandert sein. Erbaut worden sind diese Waldarbeiterbehausungen gegen Ende des vorherigen Jahrhunderts [gemeint ist das 18.] an der Grenze aller menschlichen Ansiedlungen, an bewaldeten Hängen. Sie trennen das zweigeteilte alte künische Freigericht Rehberg an seinem südlichen Rand von den fürstlichen Ländereien. Die Hütten waren wohl früher da als der Schwemmkanal, welcher die Widra mit dem Kieslingbach verbindet und sich in einem Bogen von der Preisleitner Hegerei bis zum Seckerbach unterhalb des Brenntenberges zieht, oder sie wurden gebaut, während der Schwemmkanal gegraben wurde. Wer weiß das schon genau? Zeitzeugen gibt es keine mehr, und damals wurden die Hütten im Wald gebaut und wieder aufgegeben, wie es der augenblickliche Bedarf jeweils erforderte. Die verlassenen Hütten holte sich die Natur rasch wieder zurück. In der großen Feuchtigkeit verfaulten die hölzernen Außenwände, Moose begannen darauf zu sprießen; Heidekraut und Farn, Wurzeln kleiner Bäumchen wuchsen darin und bohrten sich ins morsche Holz; Regen- und Schmelzwasser taten das ihrige, Stürme fielen drüber her, und nach ein paar Jahren überzog wieder üppiges Grün den übriggebliebenen Schutt. Hinter dem Schwemmkanal, gegen den Adamsberg hin, begann das wilde, urwaldartige Ödland, wie ich's noch in Erinnerung habe, zog sich über viele Meilen ins Unendliche, sowohl gegen Westen als auch gegen Süden hin; verhältnismäßig wenige herausragende Berge, düstere, eintönige Flächen, von schwarzen Wassern durchzogen, schreckliche, torfige Sümpfe und Moore, mit verkümmerten Latschen bewachsen, voll dunkler, rötlicher Wasserlöcher. Und über dieser gespenstischen Wüstenei, in der sich bis heute noch niemand für ständig angesiedelt hat, in die höchstens der Fuß eines Holzhauers oder eines besonders diensteifrigen Försters sich verirrt, herrscht der gewaltige Rachel mit seinem Doppelgipfel.

Schon im Oktober kommt der Winter, legen die Nebel weiße Umhänge über sein Gewand aus schwarzen Fichten, fallen Unmengen von Schnee, die sämtliche Vertiefungen ausfüllen und alles, aber auch wirklich alles, zu einer endlosen, eintönigen, doch gleißend weißen Fläche machen.

Dorthin führe ich Dich, lieber Leser, und lüfte einen Schleier, an dem die Zeit etwa dreißig Jahre lang gearbeitet hat. Mit diesem Schleier hat sie viel von dem, was gewesen ist, verdeckt, und sie arbeitet noch weiter daran, bis alles anders ist und niemand mehr etwas von dem weiß, was war.

Also, wie ich schon gesagt habe, vor ungefähr dreißig Jahren wohnte in einer jener hölzernen, gottverlassenen Katen mit diesen kleinen Fenstern, die niemals geöffnet werden, ein sonderbarer Patron. Er trug den Spitznamen »Spagat«. Nur unter diesem Namen konnte man ihn erfragen, aber eigentlich, mit seinem christlichen Taufnamen, hieß er Michl. Er war hochgewachsen, knochig, hager, sein sonnengebräuntes, abstoßendes Gesicht wirkte sonderbar luchsartig;

eine kleine, aufgestülpte Nase, graue, unruhige Augen, unter dichten Brauen ununterbrochen blinzelnd, das alles erweckte keinen günstigen Eindruck.

Er bewohnte die Hütte mit seiner Frau, einer erwachsenen, hübschen Tochter, einem halbwüchsigen Sohn von ungefähr sechzehn Jahren und einer Schar weiterer kleinerer Kinder.

Gutes erzählte man von ihm nicht, mit niemandem lebte er auf freundschaftlichem Fuße. Er liebte niemanden, vielleicht nicht einmal seine Frau oder die Kinder, von denen er die älteste Tochter am allerwenigsten mochte. Von ihr behauptete er, ob jemand danach fragte oder nicht, daß sie nicht von ihm sei. Ähnlich sah sie ihm jedenfalls wirklich nicht.

Er arbeitete im Wald als Holzhauer, begleitete die Trift von Scheithölzern auf dem Schwemmkanal und am Oberlauf der Widra. Gelegentlich ging er nach Langendorf, um seinen Lohn abzuholen, aber sehr selten. Seinen Verdienst ließ er gern stehen, »bis es mehr wird.«

Aber alle diese Tätigkeiten verrichtete er sehr unregelmäßig, nur dann, wenn er gerade Lust dazu hatte. Oft ließ er sich einen vollen Monat lang nicht blicken. Die Bauern wußten, was er machte. Im ganzen Wald wußte man es, aber wer hätte etwas davon gehabt, es zu verraten? – Sie schnupften Tabak, sie brauchten billiges Schwarzpulver zum Sprengen von Felsen und für ihre Flinten, billiges Salz und noch andere preiswerte Dinge, auf welche die österreichische Herrschaft Zoll erhob. Und Spagat, der im bayerischen Grenzgebiet sagenhaft billige Quellen für all diese nützlichen Sachen kannte, sorgte fleißig dafür, daß die Rehberger Bauern, Häusler und Waldarbeiter sie nicht dort zu kaufen brauchten, wo sie der ausgehängte kaiserliche Adler verteuerte. Kurz gesagt, Spagat war ein Pascher [Böhmerwäldler Bezeichnung für

Schmuggler]; ungemein verschlagen, einer, der Wald und Filze besser kannte als sämtliche Grenzer im alt-ehrwürdigen Böhmerwald.

Von ihm behauptete man auch, daß er Geld habe und nur des Anscheins wegen arbeite, »damit nicht geredet wird.« Sicher war, daß Spagat den Bauern Geld lieh, zu zehn bis zwölf Prozent für einen Hunderter, für zwei – auf mehr ließ er sich nicht ein, und das auch nur dann, wenn der Schuldner zuverlässig war ... Am Abend saß er angeblich oft zu Hause und zählte Geld und die Beträge auf den Schuldscheinen und Wechseln. Da er nicht lesen konnte, machte er sich auf diese Papiere eigene Markierungen zur Kennzeichnung der Summen und Personen.

Außer all dem wußte Spagat auch noch, wo irgendein ehrbarer Bewohner des Bayerischen Waldes ein Öchslein brauchte, Kalbinnen oder Kühe, und vermittelte sie ihnen aus Böhmen. Wenn er es für nötig hielt, verriet er jemandem sogar eine seiner zahlreichen Übergangsstellen.

Seine Tochter habe ich schon erwähnt. Annamirl war ein hübsches Mädel. Um sie warb ein vortrefflicher Mensch, für diesen Landstrich galt er sogar als großer Herr, der Sohn des Freirichters vom künischen Freigericht Rehberg. Er war ein blauäugiger Bursche, gutmütig, gerade gewachsen wie eine Tanne. Und der Freirichter war ein reicher Mann, einer der alteinge-sessenen künischen Freibauern, der eine ganze Hufe Felder und Wiesen besaß, dreißig Stück Vieh und fünfzig Tagwerk wunderschönen Wald.

Der Richter wußte, um wen sein Sohn warb, und schimpfte und fluchte deswegen so, daß im Richter-hof alle Teufel los waren. Die Mutter weinte und fleh-te inständig zu Gott. Der Sohn machte ein finsteres Gesicht und trotzte – Annamirl werde die Seine, sag-te er, eine andere wolle er nicht. Wenn es dem Vater ums Geld gehe, der alte Spagat solle welches haben. Und der Richter wiederum polterte, daß der alte Spagat ein Gauner sei, ein Wucherer und Vagabund; und wenn er dem Mädel eine Million gäbe, solange er, der Richter, lebe, werde die Tochter eines solchen Menschen seine ehrbare Schwelle nicht als Braut überschreiten. Josef solle sich eine andere aussuchen, seinetwegen eine ohne einen einzigen Groschen, wenn sie nur aus einer anständigen Familie komme.

Im Freirichterhof wiederholten sich derartige Ausbrüche beinahe Tag für Tag, und es versteht sich, daß Gerüchte davon bald weit und breit in der ganzen Gegend bekannt waren. Auch Spagat erfuhr natürlich, wie wenig Schmeichelhaftes der Freirichter von ihm sagte, eben der, der Monat für Monat bei ihm seinen Schnupftabak kaufte. Einmal, an einem Sonntag, als das Dorfwirtshaus voll von Rehbergern war, äußerte sich Spagat, daß, wer weiß, vielleicht er selbst, Michl, genannt Spagat, dem Sohn des Freirichters die Tochter gäbe, die ja gar nicht von ihm sei. Der Richter solle ihm seine Ruhe lassen. Um Annamirl könne anhalten, wer wolle, er werde niemanden daran hindern.

Sie lachten ihn aus und fragten, ob er vielleicht ein Fürst sei. Spagats Augen blitzten, er schlug mit der Faust auf den Tisch und schrie: »Bei allen Teufeln, ich sag' euch, wenn ich den Richterhof für meinen Sohn haben will, dann wird der Richter-Josef gehen müssen, kann sein allein, kann sein, mit dem Mädel, mir ist das wurscht!«

Wiederum verspotteten sie ihn lauthals und wollten wissen, mit wieviel Pfund Schnupftabak er den Richter-Wald aufwiegen, wieviele Ochsen er den Bauern andrehen müßte, um die Felder und Wiesen kaufen zu können.

Spagat blinzelte, nahm eine Prise Schnupftabak und trank wortlos ein Glas Bier nach dem anderen, ohne die Fragen zu beantworten.

Natürlich hörte der Freirichter von all dem auch, und neue Gewitter entluden sich. Josef redete mit dem Vater überhaupt nicht mehr, der Mutter jedoch sagte er, daß er von Annamirl nicht lassen werde. Das waren vielleicht zwei Dickschädel, der Freirichter und sein Sohn!

II

Auf den Hängen des Gayerruck-Berges, im Wald und auf den Kahlschlägen, weiden ganze Herden von Jungvieh, Ochsen, Stiere und Färsen. An St. Johannes [24. Juni], wenn der Schnee endlich weggeschmolzen ist, werden sie hinaufgetrieben, erst am St. Wenzels-Tag [28. September] kehrt das Vieh in die heimischen Ställe zurück. Dort oben wächst das Gras mehr als üppig, an manchen Stellen wird es mannshoch, es ist nahrhaft und wohlschmeckend. Nach dem kargen Winterfutter, bei dem die Tiere abmagern, bekommt es ihnen gut, um nicht zu sagen, daß sie darauf richtig feist werden. Tag und Nacht, in Sonnenhitze, wenn eiskalte Schauer niedergehen, bei Dürre oder wenn es anhaltend gießt, schweift die Herde durch die Wälder, ertönen wehmütig ihre Glocken. Besondere Hirten hüten sie, gewöhnlich kommt einer auf hundert Stück Vieh. Manchmal ist das schon eine sehr mühsame Arbeit. Die Sümpfe sind tief, hie und da stürzt ein Tier in einen Felsspalt, zwischen den mit trügerischem Moos überwachsenen Steinen bleibt eins mit dem Bein stecken; aus den schwarzen Mooren steigen Schwärme von Stechmücken auf, aus den Wäldern blutdürstige Bremsen, welche die Herde manchmal zur Verzweiflung und zur wilden Flucht treiben. Und der Hirte ist verantwortlich, ihm wird keine Herde mehr anvertraut, wenn er mehrere Tiere verliert, außerdem wird er nach der Anzahl der Tiere entlohnt.

Die Hirten verbringen mit ihrer Herde den ganzen Sommer in den Wäldern; am Abend legen sie sich in eigens dafür grob zusammengezimmerten Buden auf Moos und Heu. Jede Woche bringt man ihnen Mehl und Schmalz, woraus sie ihr Essen selbst zubereiten, sowie Schwarzbrot und Schnaps.

In jenem Sommer, in dem unsere Geschichte beginnt, weidete die Rehberger Herde, fünfhundert Tiere, in jenem wüsten Waldgebiet längs des berüchtigten Weitfäller Filzes.

Eines sommerlichen Abends trotteten der zweijährige, weißköpfige Jungstier des Freirichters und die einjährige Färse eines Nachbarn zusammen aus dem Wald heraus. Sie hoben die Köpfe, witterten mit weit geöffneten Nüstern gegen den Wind und muhten, als ob sie etwas miteinander beredeten. Vielleicht sehnten sie sich nach den heimatlichen Stallungen. Plötzlich streckten sie sich, liefen hintereinander in leichtem Trab los und schlugen, Gott allein weiß wie, über irgendwelche Steige und Pfade eine nordöstliche Richtung ein. Ehe die Sonne aufging, waren sie zu Hause, waren in einem fort fünf Stunden während der Nacht unterwegs gewesen.

Etwas Besonderes war das nicht, so etwas kommt häufiger vor. Über den Verbleib der heimwehkranken Vierbeiner wurde jedoch anders beschlossen: In den Stall kamen sie erst gar nicht hinein, Josef und Martin, der Sohn des Besitzers der Kalbin, trieben die Ausreißer noch am selben Tag wieder zur Herde zurück. – Die Burschen hatten gerade den Heimweg angetreten, da stiegen Wolken auf, in der Ferne grollte der Donner, und der Sturmwind stimmte in den alten Fichten sein schauriges Lied an.

Die beiden wußten, daß sie bei diesem aufziehenden Unwetter nicht heimgehen konnten, so überlegten sie, wo sie im Wald eine Hütte finden und dort den kommenden Tag abwarten könnten. Sie wußten von einer, die sie in einer halben Stunde erreichen konnten, dazu mußte man aber am westlichen Rand des Weitfäller Filzes entlang gehen. Das war allerdings eine äußerst beschwerliche Angelegenheit. Das schreckliche Moor hat kein richtiges Ufer, niemand weiß, wo es anfängt und wo's aufhört. Plötzlich beginnt der Boden zu schwanken. Ist er trocken, hält er, ist die Erde jedoch durchweicht, bricht sie ein, und aus dem hochquellenden Schlamm steigen Blasen auf. Die Füße sinken tief ein, heimtückische Wurzeln von Latschen und Heidekraut schlingen und wickeln sich wie hundert Stricke um die Knöchel.

Was half's? Sie mußten trotzdem weiter, denn nichts ist schrecklicher als ein Gewitter dort oben in dem weiten, wüsten Wald.

Sie gehen beide, sie gehen und keuchen schwer. Gelbfahle Nebel wälzen sich von Westen heran und hüllen den ganzen Wald in ihren undurchdringlichen Mantel ein, drücken auf die Brust, erschweren das Atmen.

Und finster wird es, immer finsterer. Stämme knarren, ächzend schwanken schwere Äste. Es beginnt zu regnen, große Tropfen fallen, Blitz um Blitz zerreißt den Nebel, immer schrecklicher rollt der Donner.

In diesem Moment erschallt ein langgezogener Pfiff, es hört sich an, als komme er von der gegenüberliegenden Seite des Moors, und gleich darauf glauben die zwei, einen schmerzerfüllten Aufschrei zu hören. Sie halten an. Aber es hilft nichts, über das Filz hinüber können sie nicht. Sie schlagen ein Kreuz und rufen alle guten Geister herbei, damit sie denjenigen beschirmen, der dort in Not geraten ist.

Sie haben's nicht mehr weit bis zum schützenden Unterschlupf, kaum noch tausend Schritte. Da gewahren beide mitten im Moor eine große Gestalt mit einem prallen Sack auf dem Rücken. Der Mensch springt gewandt von einem der Inselchen, die aus dem schwarzen Wasser herausstehen, zum andern. Man kann hören, wie er keucht. Er zwängt sich durch die Latschen, verschwindet darin, arbeitet sich wieder heraus. Sie rufen ihn an, zähneklappernd, ihre Haare sträuben sich vor Angst. Die Gestalt kommt hastig näher. Die Burschen wissen nicht mehr, ob das ein Mensch ist oder irgendein Waldgeist, der sie verfolgt. Sie laufen davon. Die Gestalt jedoch jagt hinter ihnen her, nach zwei Minuten steht sie vor ihnen, völlig außer Atem, wischt sich den Schweiß vom Gesicht. Michl ist's, genannt »Spagat«. Er blinzelt, als hätten ihn die Blitze geblendet.

»Herr im Himmel – Ihr seid's Michl? Und woher?«

Er antwortet nicht, geht wortlos mit ihnen mit, bis sie zur Hütte kommen.

Eine kleine Bude, ohne Fenster, aus grob zugehauenen Stämmen zusammengefügt. Der Innenraum mißt nicht viel mehr als zwei Klafter im Quadrat, und so niedrig ist er, daß man kaum aufrecht drin stehen kann. An den Wänden entlang ist Moos aufgeschüttet, in der Mitte eine steinerne Feuerstelle, auf der ein paar verkohlte Holzstücke liegen. Spagat wirft den schweren Sack ab, und alle drei setzen sich hin, während draußen die Elemente losbrechen. Stockfinster ist's um sie. Die Ritzen zwischen den Baumstämmen waren einmal mit Moos und schwarzer Torferde verstopft gewesen, doch an vielen Stellen sind Moos und Torf, je nach dem, wegen Nässe oder Trockenheit herausgefallen. Jetzt heult der Wind durch die Fugen, peitscht das Wasser herein.

Spagat verstopft die Löcher, wo es besonders notwendig ist. Alle schweigen, nur hie und da fällt ein Wort, beinahe im Flüsterton gesprochen.

So verging eine Stunde, vergingen zwei. Beide Burschen waren todmüde, hätten gern geschlafen, aber das Grauen hinderte sie daran. Ihr ganzes Leben hatten sie noch kein derartiges Tosen gehört, und jeder Blitz warf einen rotgelben Glutschein über alles in der Hütte, auch auf das häßliche Gesicht Michls. Und es blitzte ununterbrochen.

Auf einmal sagte Michl: »Burschen, also, wenn morgen geredet werden sollte – das und jenes – also, ich war mit euch hier. Um vier Uhr sind wir hergekommen. Wer kann denn übers Weitfäller Filz gehen? No, sagt mal, wer kann das? Wärt ihr drüber gegangen? Bestimmt nicht ...«

Die beiden Burschen schüttelten die Köpfe. Wieder redete Michl: »Verdammtes Sauwetter! Wie das das Wasser herpeitscht! – Damit ihr's wißt, ich hab' da Schwarzpulver, noja, ihr wißt ja sowieso – vielleicht wollt ihr auch nicht, daß mich die Herrschaften in Berg [Böhmerwäldler Kurzform für Bergreichenstein] einsperren. Gericht bleibt Gericht. Wenn nichts herumgeredet wird, gibt's auch keinen Prozeß ...!«

Er verstopfte wieder eine der Ritzen. Es blitzte, daß alles in Flammen zu stehen schien, und es donnerte so furchtbar, daß die Erde dröhnte und alles bebte.

»Zwanzig Pfund Schwarzpulver,« Michl sprach, als redete er mit sich selbst. »Wenn das hier einschlagen tät', da würden wir alle in die Luft fliegen. Zwanzig Pfund Schnupftabak. Nur gut, daß er fest verschnürt ist ... wenn die Verpackung aufgeht, fliegt uns der in die Augen ... das brennt ... Sakrament, das brennt!«

»Um Himmels willen, ich bitt' Euch, Michl, redet nicht so daher,« vor Angst flüsterte der Sohn des Freirichters, »betet lieber, damit der Herr uns beschützt ...«

»Dummer Bub ... beten soll ich? Bet nur du! Ich fürcht' mich nicht, ich nicht. Bloß ... Merk dir, daß du morgen ja sagst, daß ich mit euch da war ...«

Bis tief in die Nacht hinein wütete das Gewitter, goß es in Strömen. Dann wurde es still, grabesstill. Die in der Hütte schliefen ein.

Am Morgen, kaum daß es dämmerte, nahm Michl seinen Sack und ging weg, ohne auf die beiden Schläfer zu warten. Er schlug einen Weg nach Norden ein, zum sogenannten Fallbaum. Zwar sank er tief in das regennasse Moos ein, und ganze Ströme von Wassertropfen ergossen sich von den Bäumen herunter, doch Spagat machte das wenig aus. Er kannte den Wald so gut wie sonst niemand, und sein abgerissenes Gewand wurde davon auch nicht mehr viel schlechter.

Als die Burschen aufwachten, war Spagat schon weg, und nur die tiefen Spuren im schwarzen Schlamm verrieten, welchen Weg er eingeschlagen hatte. Die beiden waren wegen seines Verschwindens nicht traurig, gingen in die entgegengesetzte Richtung, um das Weitfäller Filz zu umgehen, und kamen auf einen Steig, der neben dem Bach herlief, welcher im eben erwähnten Filz entspringt. Sie mußten öde Waldungen durchqueren, quatschnasses Gebüsch, in dem auch ältere Bäume wuchsen. Die waren aber sehr verkümmert, der saure Boden ernährte sie nicht ausreichend und ließ nur lange Flechten gedeihen, welche die Rinde und die wenigen Äste wie ein zottiges Fell bedeckten. Überall war der Boden mit den vermoderten Leichen von Generationen von Fichten bedeckt, aus denen Schwarzbirken herauswuchsen, da und dort eine schwache Weide oder ein verkrüppelter Vogelbeerbaum. Zur Linken erstreckte sich das fürchterliche Moorgebiet, dessen schwarze Wasserlöcher der Regen randvoll gefüllt hatte, daß sie aussahen wie dunkle Augen zwischen rötlichen Wimpern aus hartem Riedgras, das unter graugrünen, am Boden dahinkriechenden Latschen hervorwuchs; Augen, die wie in einem Spiegel ein Stück blauen Himmels sehen ließen, auf dem flockige Wolken dahinzogen.

Die Burschen wollten geradeaus gehen, das erwies sich als unmöglich. Ein Bächlein ums andere verwehrte ihnen das, alle mit schlammigen Ufern, sofern man diese niedrigen Ränder »Ufer« nennen kann, wo ihre Füße bis über die Knöchel einsanken. Deshalb hielten sie sich immer mehr rechts, wo es weniger von diesen verflixten Wasserläufen gab. Auf diese Weise umrundeten sie fast das ganze Weitfäller Filz.

Plötzlich blieb Josef stehen und zeigte mit dem Finger auf einen Körper, der an dem moosbewachsenen Strunk einer Fichte lag. Die Bäumchen waren hier so klein und schütter, daß die beiden diesen Körper schon auf dreißig Schritte sehen konnten. Sie gingen näher heran.

»Das ist ein Toter!« stieß Martin hervor – und beugte sich zu ihm hinunter.

»Ein Finanzer,« murmelte Josef. [»Finanzer« nannten die Böhmerwäldler die Grenzpolizisten.]

Und so war's tatsächlich. Da lag ein Grenzpolizist, das blutverschmierte Gesicht dem Himmel zugewandt, die Augen geschlossen, die Lider schrecklich aufgedunsen, die grüne Uniformjacke durchweicht, über und über mit Schlamm beschmiert. Zehn Schritte entfern von ihm lag im Moos sein Gewehr.

»Den hat bestimmt der Spagat umgelegt!« bemerkte Martin. »Schweig!« zischte Josef, »wozu sagst du das?«

Ich würde lügen, wenn ich behauptete, daß sie für den Unglücklichen Mitleid empfunden hätten. Die Böhmerwäldler mögen die Grenzer nicht – sie verteuern ihnen das Schwarzpulver, den Tabak und das Salz, den Burschen schnappen sie die Mädels weg und machen nichts als Scherereien. Diesem armen Teufel kroch ein ganzer Schwarm schwarzer Fliegen und metallisch glänzender Rinderbremsen über das blutverkrustete Gesicht. Über ihm kreiste und krächzte ein schwarzer Rabe – Josef scheuchte das zudringliche Ungeziefer weg.

»Lassen wir ihn liegen,« sagte Martin, »wir haben ihn nicht gesehen ... wir sagen einfach nichts. Man zerrt uns sonst nur vors Gericht, eine Menge Unannehmlichkeiten bekomen wir.«

In diesem Moment bemerkten sie, daß die vermeintliche Leiche sich bewegte, daß sie atmete.

»Du, Martin, der schnauft ja, der ist nicht tot. Wir müssen ihm helfen, ihn nach Mader schaffen, in seine Kaserne ...«

Martin zögerte. »No, also, was ... wenn er tot gewesen wär', hätten wir ihn liegenlassen können ... aber lebendig ...? Die Fliegen fressen ihn auf ... schließlich sind wir doch Christen.«

Sie wischten ihn ab, massierten ihn, bis er wieder zu sich kam. Sie flößten ihm ein wenig von dem Selbstgebrannten ein, den sie in einer Feldflasche für sich dabei hatten, und als sie ihn so einigermaßen auf die Beine gebracht hatten, trugen sie ihn halb, halb führten sie ihn, bis nach Mader hinunter, wo sie ihn in der »Kaserne« ablieferten.

Unterwegs begann der Verletzte sogar zu sprechen. Er wußte recht gut, wer ihn so zugerichtet hatte. Angeblich hatte er den Spagat gesehen, auf den er es schon lange scharf hatte. Er war ihm nachgegangen, und sie hatten sich am Rande des Filzes getroffen. Spagat hatte sich angeblich nicht widersetzt, doch auf einmal warf er ihm eine Handvoll Schnupftabak in die Augen und drosch dann mit irgendeinem Prügel auf ihn ein. Da habe er, so sagte der Finanzer, das Bewußtsein verloren. Aber wie sich das Gewitter entladen und es zu gießen begonnen habe, sei er wieder zu sich gekommen. Er sei herumgeirrt, hierhin, dorthin, habe sich nicht mehr ausgekannt. Ein unbeschreibliches Entsetzen habe ihn gepackt, der Kopf geschmerzt, die Augen höllisch gebrannt, alles habe sich um ihn gedreht, zuletzt sei er wieder ohnmächtig geworden.

So erzählte er unterwegs. Mit keinem einzigen Wort erwähnte er die Gefahren, denen er nur so knapp entronnen war. Ein paar Schritte weiter in der nächtlichen Finsternis, und für immer hätte über ihm der trügerische stumme Schlamm zusammenschwappen können. Und wenn die beiden Burschen, die nur ein sehr großer Zufall zu ihm hingeführt hatte, ihn nicht gefunden hätten ---? Er war allein und hilflos, schwer verletzt in dieser Wildnis, die ein menschlicher Fuß so gut wie nie betrat.

»Aber wartet nur,« sagte er nachdrücklich, »den krieg' ich noch! Dem zahl' ich's noch heim.«

Ein harter, erbarmungsloser Dienst, ein zäher Kampf mit dieser unerbittlichen Umwelt, deren Herz von einem eisigen Panzer umschlossen ist. Doch das rührt sie alle nicht. Wie sollten sie sonst auch bestehen, wenn sie empfindsamer wären?

Am Abend jenes Tages knöpften sich zwei Gendarmen den Spagat vor. Sie durchsuchten sein Haus von oben bis unten, fanden aber durchaus gar nichts; nicht nur das Geld und seine Aufzeichnungen hatte Michl versteckt. Nicht weit von seiner Behausung entfernt steigt ein steiler Berghang an, der »Steinriegel« genannt wird. Es ist, als wäre dort ein gewaltiger Berg aus Gneis in sich zusammengestürzt, Felsblock liegt über Felsblock in einem wilden, chaotischen Durcheinander. Da und dort überzieht grünes Moos die grauen Steine, umschlingt sie mit zahlreichen Armen, schlangengleich kriechen Wurzeln über den Boden, aus dem Farnkraut, Heidekraut und Schwarzbeersträucher dicht herauswachsen. Selbst größere Stämme krümmen sich dort wie graue, eingezogene Krallen. Und zwischen den Felsblöcken und Gesteinsbrocken klaffen schwarze Spalten und Löcher, haben Füchse und Dachse ihre Baue. Dort, wo niemals die Spur eines Fußtritts zurückbleibt, wo kein Auge etwas finden kann, dort hat – so heißt es – der alte Michl seine Kasse verborgen, dort hat er Verstecke für Waren, welche die Finanzer nicht sehen dürfen.

Gefunden worden war also nichts, verhaftet wurde er trotzdem, der Postenführer legte ihm Handschellen an. Spagat blinzelte, wie es seine Art war.

»Und warum? Und wofür?« fragte er.

»Das werden Sie schon sehen. Wo haben Sie denn den Grenzpolizisten Scheller getroffen? Reden Sie schon!«

»Ich? --- einen Finanzer?« Und Spagat hatte eine ausführliche Geschichte parat, wo er in Bayern gewesen war, wie er da ein Paar Zugochsen vermittelt hatte, dort eine Kuh. Zugegeben, ein bißchen Salz hatte er sich in St. Oswald gekauft, aber bloß so für sich. Die Nacht hatte er in einer Hütte verbracht, zusammen mit dem Freirichtersohn Josef und dem Martin Riss.

Er wurde abgeführt.

III

Als Josef nach Hause kam, stand die Sonne schon im Westen. Er erzählte, was sich im Walde ereignet hatte. Und der Freirichter ließ ein Donnerwetter los, das Josef noch viel ärger vorkam als jenes, welches er während der vergangenen Nacht in der Hütte im Weitfäller Filz überstanden hatte.

»Und da siehst du's! So ein Lump, Wucherer, Dieb und Mörder, dessen Tochter unter meinem

Dach? Untersteh dich! Wir sind schließlich eine alt-eingesessene, anständige Familie – und so ein elender, dahergelaufener Kerl! Das wird dich noch freuen, diese Rennerei! Zehnmal nach Berg, dreimal vielleicht nach Písek, jetzt, wo gerade die Heuernte beginnt ...«

Darauf folgte eine Anzahl der ausgesuchtesten Schimpfwörter, an denen die Sprache unserer Wäldler einen besonderen Reichtum aufweist.

Josef war auch nicht gerade zurückhaltend. Er widersprach, allerdings sehr sachlich. Annamirl kann doch für ihren Vater nichts dafür. Dann, daß weder er noch Martin etwas verraten werden.

Der Richter baute sich vor dem Sohn auf: »Dummkopf! Du wirst nichts verraten! Und dich werden sie nicht klein kriegen? Zweifellos bist du viel schlauer als die Herren vom Gericht! Du wirst's noch erleben, daß die dich bloß anschauen, und dir fällt schon das Herz in die Hose. Und selbst wenn du wirklich nichts aussagst, der Grenzer wird reden, und wie! Dann stellen sie fest, daß du den Richter übertölpeln wolltest, und du kommst hinter Gitter, mitsamt dem Spagat.«

Während er so daherredete, saß einer der Rinderhirten auf der Ofenbank und rieb in einer Steinschüssel Schnupftabak. Das geht so: Gebeizter Brasiltabak wird in Strängen verkauft. Man schneidet ein Stück vom Strang ab und zerreibt es in der Schüssel mit einer schweren Holzkeule, die vorne abgerundet ist. Nachdem man ein paar Stunden lang zerrieben hat, gibt man ein wenig zerlassene Butter hinzu, dann noch etwas Kalk und Holzasche. Der Tabak muß ein bißchen schmalzig sein, darf aber keinesfalls schmieren. Nicht jeder versteht es, ihn gut zuzubereiten.

Der Knecht rieb also Schnupftabak. Auf einmal sagte er. »Bauer, mir geht der Brasil aus.« Darauf hörte der Freirichter sofort mit seinem Geschimpfe auf. »Der Sakramentskerl hätt' mir einen bringen sollen, meiner Seel'! – Nanni, spring zum Wenzl-Seppn um ein halbes Pfund – und wenn er nicht genug da hat, soll er gleich morgen über die Grenz' geh'n; ich nehm' notfalls fünf Pfund auf einmal, denn so wie's ausschaut, kommt der Mistkerl nicht so bald wieder.«

Der Wenzl-Sepp war genauso ein Pascher wie der Spagat. Nanni, die Tochter des Freirichters, band sich ein weißes Tuch um den Mund, damit »die Luft« ihrer zarten Gesundheit keinen Schaden zufügen könnte, und ging barfuß über die nassen Wiesen zur Behausung vom Wenzl-Sepp, ungefähr eine halbe Gehstunde entfernt.

Nachdem der Richter für die dringenden Bedürfnisse seiner Nase gesorgt hatte, fluchte und wetterte er noch etwa eine Stunde lang weiter, dann machte er sich auf und ging ins Rehberger Wirtshaus, um zu erfahren, was los sei, möglicherweise aber auch deswegen, um vor anderen Leuten sein sorgenbeladenes Herz zu erleichtern. Im Gasthaus hörte er, daß die Gendarmen den Spagat in Fesseln abgeführt hatten. Die Sache wurde auf unterschiedliche Weise beurteilt, aber alle waren sich darin einig, daß es in gewisser Hinsicht doch schade um den Michl sei, daß er geschickt sei, daß seine Waren meist billiger und besser gewesen wären als diejenigen, die der Wenzl-Sepp und noch etwa fünf andere ehrbare Händler mit Schmuggelgut zu liefern pflegten.

Als die Sonne hinter Grünbergerhütten untergegangen war, verzog sich Josef und ging, wohin sein Herz ihn trieb, zu den Schätzenreither Hütten.

Dort gab's ein Gezeter! Michls Frau rang die Hände und schrie wie am Spieß. Die hübsche Annamirl schluchzte und weinte um ihren Vater, der sie gar nicht als seine Tochter betrachtete. So verlangte es die Sitte. Dann bestürmten ihn beide: »Josef, hörst, nenn keine Namen! Sag nichts! Ein Finanzer, unerhört!« – Dann nahm ihn die Mutter zur Seite:

»Weißt, Josef, – mit Geld kann man alles richten. Wir haben Geld, ich weiß drüber Bescheid. Mein Alter hat gesagt: ›Zwei, notfalls drei Hunderter opfer' ich.‹ Du könntest es bei diesen Herren versuchen.«

Josef zauderte und wand sich: »Aber wie soll ich das machen? Auf welche Weise übergeb' ich das Geld, und wem?«

»Einen Hunderter gibst du diesem Finanzer, damit er den Mund hält, und zwei den Herren in Berg, damit sie ihn freilassen. Jessas! Jessas! Bloß nicht nach Písek – dort könnt' man kaum mit tausend Gulden was ausrichten, und wo sollt' man die hernehmen?« – Beim bloßen Gedanken an so viel Geld wurde die besorgte Frau schon von Krämpfen geschüttelt.

Josef wollte nicht. Mit dem Vater darf er nicht darüber reden; der wüßte schon wie, ja sicher, der wüßte es. Aber, das kann man nicht machen, die könnten ihn glatt mit dem Michl zusammen einsperren, wenn er sich bei diesem Bestechungsversuch ungeschickt anstellte. Schweigen aber wird er wie ein Grab, und wonach man ihn auch immer fragen wird, er wird es nicht wissen und gar nichts sagen, weder so noch so.

Der arme Teufel hatte keine Erfahrung in solchen Dingen, damals kannten sich diesbezüglich überhaupt nur wenige aus. Jetzt ist das anders. Man ist gescheiter und schlauer, und wie! Wer öfter mit dem Gericht zu tun hat, der gewinnt mitunter auch einmal, und vor dem haben sie dann Respekt; und ein jüdischer Anwalt hat außerdem auch noch Geld.

Da die zwei Frauen nicht aufhörten, Josef bezüglich jener drei Hunderter zuzusetzen, sagte er halbwegs zu, versprach, mal zu schauen, die Sache zu versuchen und den Herrn Lešanský zu befragen, einen bekannten Winkeladvokaten, der mit allen Wassern gewaschen war und wußte, wie man billig Ochsen kauft. Der Zauber des Namens dieses Menschenfreundes wirkte auf die strapazierten Nerven und schmerzgepeinigten Herzen der beiden Frauenspersonen wie heilkräftiger Balsam.

Als sich Josef spät in der Nacht beim Schein des verschwiegenen Mondes auf den Heimweg zum väterlichen Poltergeist machte, trug er drei zerknitterte Hunderter und einen Zehner für den Herrn Lešanský, den großen Böhmerwald-Advokaten ohne Doktordiplom, in der Tasche.

Am dritten Morgen, als sich Josef gerade für den Weg nach Bergreichenstein bereitmachte, um sich bei Herrn Lešanský Rat zu holen, kam ein Amtsbote mit der Vorladung. Morgen sollte Josef vernommen werden. Gleichzeitig erfuhr er, daß sein Freund Martin auch vor Gericht erscheinen müsse, und daß am Vortag eine Kommission in Mader gewesen sei, um den verwundeten Grenzpolizisten zu befragen. Josef ging zu Martin, um sich mit ihm zu verabreden. Was sie miteinander besprachen, blieb ihr Geheimnis, aber der geschätzte Leser wird gleich gezeigt bekommen, wie sie sich verhalten haben.

Zeitig früh am nächsten Tag waren sie zusammen auf dem Weg nach Bergreichenstein. Sie gingen neben der brausenden Wottawa her, deren Wellen in unzähligen Stromschnellen über grauen Felsen zu weißer Gischt zerstäuben, und ihre Gedanken fanden ebensowenig Ruhe wie das Wasser.

Um neun Uhr standen sie im Korridor des Rathauses. Martin wurde als erster aufgerufen, Josef mußte warten. Das dauerte vielleicht lange mit dem Martin! Einmal hörte Josef, wie ihn der Herr Richter mit gewaltiger Stimme anherrschte: »Lügen Sie mich nicht an!« Josef zitterte am ganzen Leib; der Gedanke kam ihm, daß sie ihn vielleicht gleich hierbehalten könnten, daß sie eventuell sogar sagen könnten, er habe mitgeholfen, den Finanzer zu mißhandeln. Entsetzen befiel ihn; die Herren sind sonderbar, sein Vater hat ihnen noch nie getraut.

Und wie er so grübelte, öffnete sich die Tür der Amtsstube, und Martin kam heraus, am ganzen Körper bebend. Josef schaute zu ihm hin, ihre Blicke trafen sich. Martin schüttelte bedauernd den Kopf.

Josef wurde hereingerufen. Wie ein Häufchen Elend stand er vor dem Herrn Richter. Der schaute ihn über seine goldene Brille hinweg an, sein Blick war ernst und streng. Er fragte nach den Personalien. Josef wußte kaum noch seinen Namen und sprach so flüsternd, daß ihn der Protokollführer nicht verstand.

»Sprechen Sie laut und deutlich!« donnerte der Herr Richter. »Sagen Sie die Wahrheit, die reine Wahrheit, das sag' ich Ihnen – sonst werden Sie wegen Betrugs eingesperrt! Das Gericht darf man nicht anlügen!«

Josef wurde blaß und immer noch blasser. Dann begann das Verhör.

»Wo waren Sie an jenem Abend?« der Richter nannte das genaue Datum.

»In einer Hütte im Weitfäller Filz. Ich hab' einen von der Herde davongelaufenen Jungstier zurückgetrieben. Dann hab' ich mich vor dem Unwetter versteckt.«

»Haben Sie sich dort mit dem Michl getroffen, der ›Spagat‹ genannt wird?«

»Bittschön, aber das weiß ich nicht mehr genau. Jemand war dort, aber es war finster, ich hab' ihn nicht erkannt.«

»Lügen Sie nicht, sonst ...!«

»Bittschön, vielleicht war es der Spagat. Ich wollte weder so noch so sagen, damit es hinterher nicht heißt, daß ich das oder das gesagt hab'.«

Auf diese geistvolle und aufschlußreiche Aussage hin erhielt der arme Josef eine derart gründliche Belehrung darüber, wie man vor Gericht zu reden hat, daß er völlig erstarrte. Er begann zu stottern, verlieh dem Richter den Titel »Eure Majestät«, doch zuletzt sagte er so genau und ausführlich aus, daß es mit ihm eine reine Freude war.

Die Vernehmung war beendet. Josef taumelte durch die Tür hinaus und schaute sich nach Martin um – der war nicht mehr da. Also begab er sich zu dem allbekannten Advokaten Kleophas Lešanský, von dessen Fertigkeiten man wahre Wunder erzählte. Er war der einzige, der den unglücklichen Spagat vielleicht noch heraushauen konnte.

Ein kleines, dürres Männchen mit einem riesigen Haarschopf, der wie Werg aussah, empfing ihn. Sein schütteres Ziegenbärtchen war in ständiger Bewegung, und zwei grüne Augen musterten Josef mit stechendem Blick. Josef meinte zu spüren, wie der berühmte Advokat in seiner Seele las.

Darum drückte ihm Josef gleich im voraus den Zehner in die schmierige Rechte, dann trug er sein Anliegen vor, anfangs stockend, dann aber beredt wie weiland Cicero. Wenn Herr Lešanský es so schaffen würde, daß Michl freigelassen würde, daß er nicht nach Písek müßte, würde er einen Hunderter bekommen. Vielleicht, daß der Herr Richter für zweihundert mit sich reden ließe.

»Lieber Freund,« sagte Herr Lešanský, und ein Glanz von grenzenloser Güte verbreitete sich über sein Gesicht, »Sie hätten zu mir kommen sollen, Sie und Ihr Freund Martin, bevor Sie zur Vernehmung gegangen sind. Ich hätte Sie darüber belehrt, wie Sie

vor Gericht zu sprechen haben. Sie haben viel ver-
patzt, arg viel,« – tiefer Schmerz, unendliches Mitleid legte sich auf die Zunge des Advokaten, so daß
seine Stimme vibrierte wie die Saite einer Guitarre
– »nehmen Sie zur Kenntnis, daß Sie mir eine
schwere Arbeit aufbürden. Wenn Sie mir nicht so
leid täten, Sie und die arme, arme Familie Ihres
Michls, würde ich mir diese Sache nicht auf die
Schultern laden. Aber ich bin ein Christenmensch,
ich versuch's. Wir werden ja sehen. Was das Geld
betrifft – wissen Sie, da richtet man jetzt mit zweihundert nichts mehr aus. Früher, ja, da hätte ein
Hunderter für alles gereicht. Aber jetzt – der Finanzer hat schon ausgepackt; was im Protokoll
steht, steht drin; das, mein Lieber, läßt sich nicht
mehr wegwischen. Doch vielleicht, – no, überlassen
Sie die Sache mal mir, ich werd' das machen. Sie
halten den Mund, davon versteh'n Sie nichts. Sie
würden vielleicht noch alles verderben, und – bedenken Sie, hier geht es um Zuchthaus! Haben Sie
das Geld da?«

Josef zog die drei Hunderter aus der Weste,
Herr Lešanský legte sie in die Schublade eines
Tischchens und redete weiter: »Drei Hunderter kostet das also – da hilft nichts. Ich für mich nehm'
nichts. Was Sie mir gegeben haben, ich weiß nicht,
ich geb's Ihnen zurück. Sie sind ein anständiger
Mensch, und erst Ihr Vater! Sie glauben gar nicht,
wie ich ihn schätze. So einen Menschen gibt's weit
und breit nicht nochmal.«

Der gute Herr Lešanský drängte Josef den
Zehner auf, den er anfangs erhalten hatte. Der wiederum nahm ihn nicht an, so steckte ihn der Advokat schließlich mit einem schweren Seufzer in eine
Tasche seiner ausgefransten Weste. Die Konferenz
endete damit, daß der ehrbare Berater dem gut-

gläubigen Josef sagte: »Ja nun, wenn Sie mir unbedingt etwas schenken wollen, bringen Sie mir eine Fuhre Hartholz, wenn der Spagat aus dieser Patsche rauskommt.«

Josef bedankte sich, es war fast ein Wunder, daß er dem Herrn Lešanský nicht die Hand küßte. Dann machte er sich erleichterten Herzens auf den Weg zur Schätzenreither Hütte, um seiner Braut und der zukünftigen Schwiegermutter lang und breit zu erzählen, wie alles abgelaufen war, und wie selbstlos Herr Lešanský – dem der Herr noch viele Jahre schenken solle – sich ihm gegenüber benommen habe.

Drei Tage darauf, nachdem auch andere Zeugen gehört worden waren, wurde Michl, genannt »der Spagat«, mitsamt den vorläufig abgeschlossenen Akten nach Písek in Untersuchungshaft abgeschoben.

IV

Woche um Woche verstrich, und Michl saß hinter Gittern, in Untersuchungshaft im Gefängnis des Bezirksgerichts von Písek. Hartnäckig bestritt er jede Schuld und bestand darauf, daß sich der Finanzer in der Person irre. Wenn der Untersuchungsrichter Zweifel äußerte, blinzelte Michl und verfiel in Schweigen. Als ihm die Protokolle der Zeugenaussagen vorgelesen wurden, zuckte er bloß mit den Schultern und wandte nichts dagegen ein. Als der Richter Josefs Aussagen vorlas, stellte er sich, als ob er nichts verstünde und sagte: »Das kann nicht sein, das ist eine Gemeinheit!« Schließlich fügte er noch hinzu: »Der hat eine Wut auf mich, weil ich ihm die Tochter nicht geben will.« Dabei rasselte er mit seiner Kette. »Und ich geb' sie ihm auch nicht, denn er ist ein Trottel, der wegen seiner Blödheit noch alles verlieren wird, was er hat.«

Währenddessen kam der Freirichter in Rehberg nicht aus dem Ärger heraus. Tag für Tag wetterte und fluchte er, daß der kindliche Gehorsam aus der Welt verschwunden sei. Er drohte Josef mit seinem Fluch, falls dieser nicht von Annamirl lassen wolle.

Andererseits wiederum schickte er jeden möglichen Heiratsvermittler Gott weiß wohin, um für Josef eine Braut ausfindig zu machen. Josef wollte davon nicht einmal etwas hören. Er lief zu seiner Mutter, und die weinte über ihren Einzigen und beschwichtigte ihn. Ihre alten, sonnengebräunten Arme schlang sie um seinen Nacken, ihre blauen, guten Augen blickten ihn fest an: »Gedulde dich, nur Geduld, mein Lieber – vielleicht wird der Vater doch noch nachgiebig, so wie das Herz deines Großvaters endlich weich geworden ist. Der hat auch nicht gewollt, daß dein Vater gerade mich hat nehmen wollen, wo ich doch nur drei Hunderter und eine magere Kuh als Mitgift gehabt habe.« Und darauf der Sohn: »Liebe Mutter, helft mir – ich lieb' nur sie, eine andere will ich nicht. Was hat sie sich denn zuschulden kommen lassen?«

Am ärgsten tobte der Richter, als ihn die Anordnung erreichte, daß er für Spagat ein Sittsamkeitszeugnis [damals offizielle Bezeichnung für polizeiliches Führungszeugnis] schicken sollte.

»So, das hat noch gefehlt! Sittsamkeit soll ich ihm bestätigen, diesem Haderlumpen! Als ob an dem etwas von Sittsamkeit wär', an diesem Gauner, Wucherer und Dieb! Und wenn ich mir vorstell', daß die Tochter von dem Zuchthäusler als Hausfrau über die Schwelle meines Hofs gehen soll!« Der Alte raufte sein schütteres, graues Haar. »Und mein Sohn, mein einziger Sohn, vergißt sich so!«

120

Schließlich setzte er sich doch an den Tisch unter den Heiligenbildern, scheuchte alle Anwesenden aus der Stube raus und machte sich an die saure Aufgabe. Lange spekulierte er herum, zehnmal zerriß er das Papier, ehe sein Geist endlich das folgende Schriftstück produziert hatte, das ich hiermit dem geschätzten Leser vorlege:

Sittsamkeitszeugnis

Michl Bauer, eigentlich Hofmann oder Katzbichler, den man bei uns nur Spagat nennt, und in der Kirchenmatrikel habe ich nichts finden können, weil der Herr Pfarrer nicht zu Hause ist, er ist ziemlich weit weggegangen, weil er jemandem die letzte Ölung spenden muß. Soweit ich weiß, hat er niemanden bestohlen und niemanden erschlagen, außer vielleicht diesen Finanzer, der aber möglicherweise wieder werden wird. Zur Nachtzeit hat er sich nie mit lockeren Mägden herumgetrieben, und überhaupt ist nichts Schlechtes von ihm bekannt, nur daß er seine Kinder nicht zur Schule schickt. Aber zur Schule ist es mehr als eine Stunde Weg, und im Winter liegt sehr viel Schnee. Und im Sommer müssen die Kinder die Kühe hüten und andere Arbeiten verrichten, und von der ältesten Tochter heißt es, daß sie nicht von ihm ist, also muß sie von jemandem anderen sein. Und außerdem wird noch gesagt, daß er nach Bayern um Tabak geht, aber das tun andere auch, und da misch' ich mich nicht ein, darum sollen sich die Finanzer kümmern.
Gegeben im künischen Freigericht Stadeln, Teil I, Rehberg, am 25. Juli 186.

Kaspar Wurm
Freirichter

Dieses Führungszeugnis schickte der Richter an das Bezirksgericht in Písek.

In der Zwischenzeit war die Kunde, daß man den Michl nach Písek abtransportiert hatte, bis in die Hütte in Schätzenreith gelangt. Als Josef eines Abends dort hinkam, wurde er sowohl von der Mutter als auch von seiner Braut arg unfreundlich empfangen. Die Alte kreischte, bis sie heiser wurde:

»Und jetzt ist er doch in Písek. Und drei Hunderter! Du Schwachkopf! Was hast du bloß gemacht? Bring mir die drei Hunderter wieder, weil's ja nicht funktioniert hat! Dich damit hinschicken! Wenn nur ich gegangen wär'! Aber du und dieser siebengescheite Lešanský! Jeden Tag haben wir ihn zurückerwartet, und da hast du's jetzt!«

»Beruhigt Euch doch!« sagte Josef darauf, »schließlich kommt er vielleicht von Písek zurück. Der Herr Lešanský weiß genau, wie lang sich eine solche Sach' hinzieht.«

Doch Ruhe und Frieden gab's deswegen noch lange nicht. Die Alte spuckte Gift und Galle, als hätte sie allen Verstand verloren, die Junge schaute Josef nicht einmal an, sondern weinte bloß, und die Kinder heulten wie Schakale. Um Michl, den Mann und Vater, ging es dabei gar nicht so sehr – die verlorenen drei Hunderter waren das Thema des ständig wiederholten Refrains.

»Aber so hört doch mal! Morgen geh' ich nach Berg und rede mit dem Herrn Lešanský. Gibt's für den Michl keine Hilfe, dann soll er mir die drei Hunderter zurückgeben – wir werden's schon sehen.«

Sie glaubten ihm nicht. »Der und sie rausrücken? Die hat er doch längst gar nicht mehr. Diese Herren wollen uns doch nur ausquetschen. Wir sind arme Schlucker, die Herren haben die Macht. Gib her, Habenichts! Und der Habenichts gibt, muß geben. Gibt er's nicht im guten, nehmen die sich im bösen noch mehr.«

So ging's den ganzen Abend und noch tief in die Nacht hinein. Niemand dachte ans Schlafen. Die Alte zündete einen Buchenspan an, steckte ihn in die eiserne Gabel, und Glutrest um Glutrest fiel in das darunter aufgestellte Schaff voll Wasser, in dem er knisternd und zischend versank. Span um Span verbrannte, Rauch stieg in leichten Wölkchen zur schwarzen Balkendecke empor. Josef saß auf der Bank bei dem viereckigen Tisch mit der Platte aus weißem Ahornholz, hielt die Hand vor die Augen, stützte die Ellbogen auf die Tischplatte und hörte schweigend zu.

»Au weh!« kreischte die Frau weiter. »Einsperren tun's ihn, und dann kommen noch die Gerichtskosten. Die letzte Kuh holen sie uns aus dem Stall, das Haus verkaufen sie uns, wir werden betteln müssen. Und was hab' ich an ihn hingeredet, daß er mir alles überschreiben soll! Da geht er mit Tabak, Schwarzpulver und Salz – irgendeinmal erwischen sie ihn doch, und alles fällt dem Staat zu. Wenn das dagegen alles meins wär', was könnten sie sich nehmen? – Dieser Dickschädel, daß er nichts aus der Hand gibt, weil ich das angeblich hinterher ihr zustecken würde,« sie zeigte auf Annamirl, die im Winkel hinter dem Bett kauerte, zu einem Knäuel zusammengekrümmt. »Jetzt hat er's! Wem steckt er dann was zu?«

Und neues Aufheulen.

Josef hatte es satt, noch weiter zuzuhören. Er stand auf und ging zur Tür, ohne ein einziges Wort, ohne einen Gruß. Er trat auf die Gred (»Gred« nennt man im Böhmerwalde die rampenartige, gepflasterte Erdaufschüttung an der Vorderseite der Häuser) vor dem Haus – eine herrliche Sommernacht, die Sterne, so viele, wie es überhaupt gibt, über den dunklen Himmel hingestreut. Er ging den Abhang zum Schwemmkanal hinunter; ein paar Holzscheite trieben auf dem Wasser, Stille. Stille auch über dem Wasserspiegel, auf dem sich zarte Streifen abzeichneten. Ringsum herrschte überall so eine Ruhe, so ein heiliger Frieden, und in seinem Herzen tobte die Hölle. Der Wald schlief tief und träumte, und Josef schien es, daß er den schrecklichen Hund des Wilden Jägers hecheln hörte, von dem ihm die Mutter Märchen erzählt hatte. Glühwürmchen flimmerten im Gras, und er meinte, daß Irrlichter auf dem Moorboden tanzten, verdammte Seelen. Und so ein Geist wird auch aus ihm werden, einer, der keine Ruhe im Grab finden kann, denn Frieden und Glück hat er der Teuren, der Goldigen geraubt und ihre ganze Familie ins Unglück gestürzt. Ihren Vater hat er dadurch ruiniert, daß er als Zeuge gegen ihn ausgesagt hat, und dessen Geld und dessen Hof hat er durch seine eigene Dummheit vertan. Sein eigener Vater wird ihn verfluchen, die Mutter seinetwegen weinen, bis sie sich zu Tode grämt hat. In seiner Niedergeschlagenheit glomm für ihn allein noch ein Fünkchen Hoffnung: Noch ist Michl nicht verurteilt, vielleicht hilft der Herr Lešanský doch noch.

Nach einer schlaflosen Nacht, in der er sich hundertmal eine herrliche Rede zurechtgelegt hatte, die er jenem Menschenfreund halten wollte, um sein Herz mit Mitleid zu erfüllen, stand Josef am nächsten Tag vor Herrn Lešanský. In der Hand trug er einen Korb mit zwei Enten, die er vom Nachbarn gekauft hatte, damit die zu Hause nichts wüßten.

»Schlecht schaut's aus, sehr schlecht, lieber Herr – Michls Frau wird verrückt, so ist sie außer sich, weil der Mann nach Písek abgeschoben worden ist.«

Herr Lešanský lächelte ein wenig. »Na und? Warum hat er den Grenzpolizisten angegriffen? Mein lieber Freund, geben wir's auf. Verbrechen des versuchten Mordes, Widerstand gegen die öffentliche Staatsgewalt – warten Sie, ich schau hier nach.« – Er nahm ein bestimmtes Buch und fuhr, wie im Geiste mit sich selbst redend, fort: »... wird mit schwerem Kerker bis zu zwanzig Jahren bestraft, erforderlichenfalls sogar lebenslänglich ... Ja, mein Lieber, so lautet das Gesetz. Dem Michl kann man nicht helfen.«

Josef wand sich wie ein Wurm. »Und was tät's kosten, wenn sich dieser – diese – diese dreihundert Gulden – ich würd' noch einen Hunderter drauflegen, damit jene Herren – «

»Was für dreihundert Gulden?« fragte Herr Lešanský, und dabei verfinsterte sich sein Blick so, daß Josef das Mark in den Knochen erstarrte. »Was reden Sie denn da daher?«

Josef stand wie auf glühenden Kohlen. Er drehte seinen Hut in der Hand. Herr Lešanský maß ihn mit dem Blick einer Schlange, raufte mit den Händen seinen wirren Haarschopf, so daß sein Kopf dem Stachelpanzer eines eingerollten Igels ähnelte. »No!« fuhr er ihn an, »reden Sie, was wollen Sie mit jenen drei Hundertern sagen?«

»Ich wollte bloß sagen – ich hab' nur gedacht – wenn das nicht geht – daß Sie mir, nämlich jener Frau – zurückgeben – wenn's nicht klappt.«

Herr Lešanský steckte beide Hände in seinen speckigen Hausrock, ging einmal, zweimal im Zimmer auf und ab. Dann blieb er vor Josef stehen und sagte langsam und eindringlich: »Ach, so wollen Sie mir also kommen? Daher bläst der Wind? Also gut, warten Sie! Ich bringe Ihnen zwei Zeugen, und vor denen werden Sie mir ins Gesicht wiederholen, daß Sie mir drei Hunderter gegeben haben, mit denen ich den Richter bestechen sollte. Sie niederträchtiger Halunke! Sagen Sie nochmal zu mir, daß Sie mir dreihundert Gulden gegeben haben, und Sie können was erleben!«

»Um Gottes willen, ich bitt' Sie – !« Fast besinnungslos taumelte der arme Bursche zur Tür, torkelte hinaus, hielt sich den Kopf.

»Halunke! Gauner!« schrie Herr Lešanský hinter ihm her, daß Vorübergehende ihn hören konnten. Der Korb, mit den Enten noch drin, flog ihm nach. Geistesabwesend hob Josef alles mechanisch auf.

Der Arme wußte selbst nicht, wie er nach Hause gekommen war – für ihn stand bloß so viel fest, daß er den Michl-Frauen nicht erzählen würde, was sich ereignet hatte. Lieber wollte er die drei Hunderter von seinem Geld zurückzahlen, und wenn er sie sich beim Wucherer borgen müßte.

Als er in Schätzenreith angekommen war, log er ihnen ins Gesicht was vor, tröstete die Alte wie die Junge, daß das vielleicht doch noch gut enden würde, daß sich Herr Lešanský mächtig ins Zeug lege. Er sprach ihnen Trost zu, aber sie waren untröstlich, sie glaubten ihm nicht, weil er so niedergeschlagen und mutlos wirkte.

Die Zeit blieb nicht stehen, sie verstrich gleichmäßig, aber rasch, wie im Fluge. Josef ging nur selten nach Schätzenreith, doch auch zu Hause hielt er sich wenig auf. Essen und Trinken schmeckten ihm nicht mehr – er schweifte durch die Wälder, dann arbeitete er wieder bis zum Umfallen, um zu vergessen, um seine schwarzen Gedanken loszuwerden.

Er sinnierte und grübelte; nicht nur einmal flüsterte ihm der Versucher ins Ohr: »Gib ihr den Laufpaß! Laß die Mördertochter sein! Für deine Jugend blühen noch andere Rosen in der Welt! Nach ihnen streck die Hand aus, versöhn dich mit dem Vater! Schließlich war es ja Michls Frau gewesen, die gewollt hatte, daß du bestechen solltest – du hattest dich ja geweigert. Und jetzt dieses Geschrei! Unerhört! Dreihundert Gulden! Gib sie ihnen zurück, damit sie dir nichts mehr vorwerfen können!«

Aber vergebens. Das Bild des geliebten Mädchens ließ sich nicht aus seiner Seele tilgen. Er sah ihre blauen Augen, die flehend zu ihm aufblickten, spürte ihre weichen, warmen Arme, die sich um seinen Nacken legten. Er machte sich selbst Vorwürfe. Warum war er nicht gescheiter gewesen? Wozu hatte er sich diesem Erzgauner Lešanský anvertraut, der ihn jetzt in der Hand hatte? Warum war er nicht selbst zum Herrn Richter gegangen? Wenn er auf solche Weise Michl aus der Patsche herausgeholt hätte, wie dankbar hätten ihm dann alle sein müssen, vor allem sie, seine Liebste!

Am allerschlimmsten war, daß da und dort Gerüchte über die verhängnisvollen Hunderter kursierten. Michls Frau schwieg nämlich nicht darüber, sondern erzählte herum, wie dumm sich Josef angestellt hätte. Bei uns sind die Leute boshaft und spotten gern. Wenn einer einmal einen Spitznamen abbekommen hat, bleibt er ihm bis zum Tode. Man läßt ihn nie mehr in Ruhe: Wenn der Betroffene schweigt, fallen sie mit noch größerem Mut über ihn her; wehrt er sich dagegen, entsteht aus einer Rauferei die nächste. Josef sah schon voraus, wie es ihm ergehen würde. Mit arglistigen und höhnischen Augen wird man ihn anschauen, wo immer er sich sehen läßt. Tuscheln wird man, mit den Fingern auf ihn zeigen; Hänseleien wird's geben und unverschämte Anspielungen. Einer, zwei beginnen – die andern werden teuflisch dazu grinsen. Oh, er kannte sie, er wußte, wie man das bei Tanzereien, bei Kirchweihfesten und bei Wallfahrten machen kann.

Während sich Josef so quälte, keine Ruhe fand, reifte Michls Saat in Písek. Der Termin für die abschließende Hauptverhandlung war anberaumt, und die Zeugen aus dem Grenzgebiet kamen aus ihrem Bergland herunter und trafen sich in der Bezirkshauptstadt. Schon zeitig am Morgen versammelten sich etwa zehn auffallende Gestalten auf dem Marktplatz, vor dem Rathaus. Die Männer trugen blaue Festtagsjoppen, schwarze, weite Hosen und schwarze, runde Hüte; die Frauen waren in buntgeblümten Rökken mit schwarzen Schürzen, hatten schwarze Tücher um den Kopf und weiße über Kinn und Mund bis zu den Ohren geschlungen. Sie gingen auf dem ebenen Pflaster auf und ab, hoben dabei aber die Knie, als würden sie auf steile Berge steigen. Mit ihren eisenbeschlagenen, klirrenden Absätzen machten sie einen schrecklichen Lärm. Gegen acht Uhr verschwanden alle in dem weitläufigen Gebäude. Zur gleichen Zeit traf auch der Grenzpolizist aus Mader ein, sein Kopf war immer noch verbunden.

Die Verhandlung begann. Das Publikum amüsierte sich, als es hörte, daß Michl nicht wußte, wie er mit Familiennamen heißt. Dann antwortete er undeutlich und zögernd, in einem Dialekt, den der Richter nur schwer verstehen konnte, so daß man zweimal einen Dolmetscher zu Hilfe rufen mußte. Michl blieb fest bei seiner Behauptung und bestand darauf, daß sich der Finanzer in der Person irre. Höchstwahrscheinlich habe ihn irgendein Bayer so zugerichtet.

Die Zeugen sagten alle übereinstimmend dasselbe aus. Der Grenzer gab an, daß er infolge des heimtückischen Angriffs sechs Wochen lang bettlägerig gewesen sei, daß er die allerschrecklichsten Qualen in den Augen gelitten habe, die sich entsetzlich entzündet hätten, nachdem der beißende Tabak in sie hineingeschleudert worden sei.

Dann kam Josef an die Reihe. Da stand er, der Arme, verunsichert von dem unablässig zu ihm hinblinzelnden Spagat. Der Gedanke schoß ihm durch den Kopf, daß er ja aussagen könnte, er habe Michl schon um vier Uhr gesehen, und daß er ihm damit helfen könnte. Aber er mußte einen Eid leisten und sich auf Gott berufen. Da befiel ihn ein Grauen, er wußte nicht mehr, wie ihm zumute war. Auch der in der Luft herumwirbelnde Staub, den ein einfallender Sonnenstrahl hell aufleuchten ließ, erschien ihm plötzlich geheiligt und bedrohlich zugleich in dieser stickigen Atmosphäre. Und am Tisch der Richter saßen ernsthaft und unbewegten Gesichtes fünf Herren, der Vorsitzende redete streng – so wird der Herr am Tag des Jüngsten Gerichts sprechen – es geht nicht, er darf nicht lügen ... Und er sagte die Wahrheit, die ganze Wahrheit und nichts als die Wahrheit, wie er geschworen hatte. Er schilderte, wie Michl erst nach Einbruch der Nacht zu ihnen gestoßen war, wie er am nächsten Tag, zeitig in der Frühe, vor ihnen, weggegangen war, und wie sie an der wüsten Stelle im Wald den zusammengeschlagenen, bewußtlosen Finanzer gefunden hatten, der ihnen später Michl als den Täter bezeichnete.

Während der Staatsanwalt und der Verteidiger sprachen, brannten schon flackernde Lampen im Saal. Josef stand noch immer da und hörte zu, wenn er die Sätze des Staatsanwalts auch nur schwer verstehen konnte. Dieser wertete das Tun des alten Schmugglers als einen heimtückischen Mordversuch. Josef hörte auch das Plädoyer des Verteidigers, welcher den Tötungsvorsatz entschieden bestritt, allerhöchstens ein Verbrechen der schweren Körperverletzung gelten lassen wollte, und selbst das nicht eindeutig bewiesen.

Der Richter sprach den Michl mit den drei Namen, den sogenannten Spagat, schuldig des Widerstands gegen die öffentliche Gewalt, weil er sich an einer Amtsperson vergangen hatte, und verurteilte ihn zu drei Jahren schweren Kerkers. »Haben Sie etwas gegen diesen Urteilsspruch einzuwenden?« fragte der Vorsitzende. »Es ist Ihnen freigestellt, sich an die nächsthöhere Instanz zu wenden.«

Michl schüttelte verneinend den Kopf. »'S ist gut«, sagte er, »ich trete die Strafe an.«

Man führte ihn an Josef vorbei ab; Michl blinzelte ihn an, verzog sein Gesicht zu einer Grimasse – der Bursche schlug die Augen nieder, und als er wieder aufblickte, schloß sich gerade die schwere Eichentür hinter dem Verurteilten. Draußen weinten zwei Frauen, eine alte und eine junge. Als Josef zu ihnen hinging, wandten sie sich ab.

V

Sie wandten sich ab, die Alte aus Wut, weil die Sache so traurig ausgegangen war, wobei es dem Urteil der Leser überlassen bleibt, was sie für betrüblicher hielt, den Verlust der drei Hunderter plus Prozeßkosten oder das Schicksal des Ehemannes, – die Junge, daß sie sich nach dem Willen der Mutter richten mußte. Die gute Annamirl war ein ziemlich passives Geschöpf, sie ließ sich lieben und sich eine Liebe auch ausreden. Germanische Brunhilden und Fredegunden [frühmittelalterliche, merowingische Königin, die furchtbare Blutrache geübt hat] sind bei uns im Böhmerwald rar, und ich erfinde und erschaffe die Charaktere nicht so, wie es die selige Marlitt [Pseudonym, Verfasserin äußerst beliebter Trivialromane, 1825 – 1887] gemacht hat, die Blüte der deutschen Romanschriftstellerinnen, die den jungen Tschechinnen so gefällt, daß sie nicht aufhören, ihre Werke zu übersetzen.

Michls Frau und Annamirl hatten sich also von Josef abgewendet und waren allein und ohne Begleitung in ihre Berge zurückgekehrt. Fast acht Meilen waren sie ohne Rastpause durchgegangen.

Eine Woche später wagte sich Josef nach Schätzenreith. Er kam an, und die Alte empfing ihn mit einer Auswahl kraftvoller Schimpfnamen, die ihren

Höhepunkt mit dem Satz erreichten: »Du bist ja gar keiner!« Die Junge heulte. Er saß mit gesenktem Kopfe da, von seinem schlechten Gewissen gefoltert.

Er kam ein zweites Mal – die Alte machte ein finsteres Gesicht, schoß hin und her, knallte die Tür zu; die Junge starrte ins Leere und ging auf Josefs geistreich-aphoristische Reden – zum Beispiel, daß es bald regnen werde, daß sie schon dabei seien, das Grummet einzufahren, daß eine Kalbin Blähungen bekommen habe – mit keinem Wort ein.

Er kam zum dritten Male – die Alte wünschte ihm einen guten Abend, und die Junge lächelte ihn nicht bloß hold an, sondern bot ihm sogar ein Stück Brot an.

Auch sein Herz taute auf, und er fand Worte. »No, geht's jetzt besser? Warum soll man sich auch immer ärgern? Ich hab' mich dumm angestellt, das stimmt, aber ist es meine Schuld, daß dieser Lešanský so ein diebischer Lump ist? Hätte ich das voraussehen können?«

Und Josef begann zu gestehen, wie die Sache mit jenem Herrn wirklich abgelaufen war. Daß die Alte dazu ihre eigenen Anmerkungen machte, braucht nicht erläutert zu werden.

»Und Ihr werdet sehen,« redete der junge Mann weiter, »daß Annamirl die Meine wird, daran zweifelt Ihr doch hoffentlich nicht. Ich ersetz' Euch dann die drei Hunderter; ich würd' sie Euch ja gleich geben, von meinem Erbgut, aber woher nehmen? Das weiß man ja, daß mein Alter sie mir nicht gibt, und wenn ich mir's borge, bin ich nicht mehr der Herr vom Hof.«

»Und wie willst du die Annamirl heiraten, wenn dir's dein Vater nicht erlaubt?« fragte die Alte.

»Wir warten,« erwiderte Josef.

»Auf seinen Tod?«

Das war ein furchtbarer Gedanke für Josef. Er senkte den Kopf, nach einer Weile redete er leise weiter: »Warum auf den Tod? Er wird auch älter und nachgiebiger. Wenn er erst begriffen hat, daß ich keine andere will, erlaubt er's. Die Mutter hab' ich sowieso auf meiner Seite.«

Die Alte machte sich am Spinnrad zu schaffen. Josef saß auf der Bank, Annamirl an seiner Seite, sie hielten sich an den Händen und schauten einander an. Etliche Zeit danach setzte sich die Alte wieder zu den beiden. »Mir ist was eingefallen,« sagte sie. »Weißt du, Josef, wir haben Geld genug, du wirst nicht zu kurz kommen. Aber da ist noch ein ganzes Nest voll Kindern, die dürfen auch nicht benachteiligt werden. Ehe er weggegangen ist, hat der Alte das Geld gut versteckt, und ich weiß davon. Vom Gericht ist schon die Rechnung mit den Prozeßkosten gekommen, der Förster von Preisleiten hat mir den Schrieb vorgelesen. Beinahe dreihundert, mein Lieber!«

Sie brach schroff ab und begann herzzerreißend zu weinen. »Stell dir vor, dreihundert der Berger Advokat, drei Hunderter für Gerichtsgebühren. Oh du gekreuzigter Jesus! So werden wir armen Leute bestohlen – Räuber sind das ...«

Sie verstummte wieder, wischte sich mit der Schürze die rotgeweinten Augen. Dann, als ihr Kummer etwas abgeklungen war, redete sie weiter: »Ich denk mir halt, hergeben tu ich nichts. Was sie sich nehmen, das werden sie haben. Die Hütte ist im Grundbuch eingetragen, die kann ich nicht halten. Übrigens werd' ich dir gleich erklären, wie wir das mit ihr einfädeln. Felder haben wir keine, die Wiese gehört dem Fürsten ...«

»Aber das Vieh, die Gerätschaften?« unterbrach sie Josef.

»So wart' doch nur, laß mich ausreden! Zwei Kühe sind bei der Schwester in Kaltenbrunn, der Jungstier und die Kalbin sind im Wald. Der Tisch, die Federbetten und alles, was sonst noch einen Wert hat, wird morgen in aller Stille zum Bruder nach Seeberg geschafft. Das alte Gerümpel und die zersprungenen Töpfe sollen sie meinetwegen versteigern, damit sie dem beutelschneiderischen Finanzer das Schmerzensgeld bezahlen können.«

Während der letzten Sätze wurde ihre Stimme immer schriller, die letzten Worte entwanden sich ihrer Kehle wie das Quieken eines gereizten Keilers.

Dann folgte eine lange Rede darüber, was geschehen sollte, wenn es zum Zwangsverkauf des Hauses käme. Die Michlin glaubte nicht, daß jemand schon bei der ersten oder zweiten Versteigerung würde kaufen wollen. Übrigens würden ihr angeblich Bekannte aus Kaltenbrunn, Neubrunn und Seeberg helfen; Josef werde sehen, wie das laufe. Er solle aber nicht glauben, daß sie das nicht könne, was diese Leute über sie reden würden. Für den allerschlimmsten Fall werde sie ihm etwas Geld geben, damit er bei der entscheidenden Versteigerung mithalten könne, falls sich doch irgendwelche Interessenten finden sollten. Bei der dritten Versteigerung, wenn die Kate unter Wert angeboten würde, sollte Josef sie kaufen, selbstverständlich nur dem äußeren Anschein nach, denn das Geld dazu werde sie ihm geben.

Josef ging im Kopf ein Licht auf. Er staunte nicht wenig über diese Begabung seiner zukünftigen Schwiegermutter zum Advokaten.

»Ihr seid eine schlaue Frau,« wiederholte er zehnmal nacheinander, wobei er nicht daran dachte, wie dumm sie sich angestellt hatte, als sie ihm jene drei Hunderter zur Bestechung des Richters gegeben hatte.

»Nun ja, was heißt schon schlau« – versetzte sie bescheiden. »Dafür, daß ich nicht so blöd bin wie ihr übrigen, behauptet man von mir, daß ich eine Hexe wär' und zaubern könnte.«

»Das sind Dummheiten,« sagte Josef. Im Geiste war er sich jedoch nicht so sicher, ob die Michlin nicht vielleicht doch das »höhere Wissen und Können« habe.

Wie beflügelt und beseligt ging Josef diesmal fort. Er spürte noch, wie die braune Hand des Mädchens seine rauhe Rechte drückte, wie ihr weicher Arm sich um seinen Nacken legte. Auf dem ganzen Heimweg sah er die glühenden Wangen, leuchteten ihm rötlichblonde Locken, die unter dem schwarzen Kopftuch hervorquollen. Ein wenig beunruhigte ihn dann der Gedanke, was wohl der Vater sagen werde, wenn er, Josef, die Michl-Kate kaufen würde. Inzwischen jedoch wärmte ihn die Sonne der Liebe – Gott ist allmächtig.

Am darauffolgenden Sonntag herrschte im Gasthaus bei der Kirche ungewöhnlich reges Leben. Nicht nur die übliche Rehberger Gesellschaft hatte sich eingefunden, sondern auch etliche Nachbarn aus Seeberg und Gruberg. Als Steigerung des Vergnügens konnte man für den Abend noch ein hübsches Blutbad, sprich: eine Rauferei, erwarten, denn so pflegte das immer zu sein, wenn besagte Herren hierherkamen. Lag ihnen nämlich nicht an einem solchen Abschluß des Abends, gingen die nicht bis nach Rehberg, sondern höchsten nach Stubenbach oder nach Großhaid.

Doch heute war es anders. Sie benahmen sich sehr artig, nörgelten nicht und rempelten niemanden an. Dies war vor allem einem gewissen Bauernburger zu verdanken – so hieß er mit seinem Spitznamen, einem Menschen, der sich wegen seiner Kraft und seines Mutes allgemeiner Achtung erfreute. In seinem Mund trug er eine ganz scharfe Zunge, aber im Stiefelschaft ein noch viel schärferes Messer. Die berühmte Stadt Písek kannte er auch, denn dort war er irgendwann einmal zu fünf Jahren verurteilt worden, wegen Totschlags, und einige Male wegen schwerer Körperverletzung; von geringeren Delikten, besonders von Quetschwunden, die sich als Folge daraus ergeben hatten, daß andere Sterbliche mit seinen Ansichten nicht übereingestimmt hatten, braucht hier nicht gesprochen zu werden.

Bauernburger war zwar schon ein älterer Mann, aber in seinem Inneren loderte noch das Feuer jugendlicher Begeisterung. Heute sprach er ganz ernsthaft, reizte niemanden; regte sich auch nicht über eine da oder dort eingeworfene spöttische Bemerkung auf. Die Rede war von Ochsen, die in letzter Zeit im Wald verlorengegangen waren. Die Mehrheit derjenigen, die dazu ihre Meinung offen aussprachen, waren der Ansicht, daß die meisten dieser Wiederkäuer von Viehdieben aus dem benachbarten Bayern gestohlen worden seien. Bauernburger vertrat dagegen die Auffassung, daß dabei nicht nur die Wachsamkeit der Hirten eine Rolle spiele, sondern daß auch Zauberei und Hexerei dran schuld sein könnten.

Die Rehberger rückten ihre Stühle näher heran und hörten aufmerksam zu, damit ihnen kein Wörtchen entginge.

»Ja glaubt ihr denn, daß es keine Zauberei mehr gibt?« rief auf einmal Bauernburger, da niemand so eine Ansicht äußerte. »Aber ich sag' euch, es gibt Hexerei! Es gibt noch mannigfach Hexenmeister und Hexen. Die einen hauchen euch an, daß euch die

Backen aufschwellen; andere streuen Stecknadeln aus, und wer auf eine drauftritt, der ist schon auf dem Weg ins Grab. Andere können sich in einen Baumstrunk von einer Fichte oder Buche verwandeln; weitere wiederum verhexen das Vieh, daß es keine Milch mehr gibt oder krepiert. Das sind auch diejenigen, die euch Krankheiten anhängen oder einen ekligen Ausschlag, Ungeziefer, Fliegen, Wanzen und Bremsen. So eine alte Hexe hat bei uns in Seeberg gelebt, vielleicht habt ihr von ihr gehört, von der alten Apolena, die hat so was gekonnt.«

Einige stimmten ihm zu, erinnerten sich, sei's noch persönlich oder daß sie durch andere davon gehört hatten.

»Wirklich, wahrhaftig, so ist's g'wesen!« riefen sie ringsum.

»Und ihr müßt wissen, fuhr der Bauernburger fort, »wem sie die Läuse angehext hat, der ist sie nimmer losgeworden, an dem haben sie gefressen, bis zu seinem Tod. Am allerschlimmsten aber ist, daß sich solches Zaubern-Können von den Eltern auf die Kinder vererbt. Und die alte Apolena hat zwei Töchter hinterlassen, die Schweglerin in Kaltenbrunn und die Michlin, dem Spagat von Schätzenreith seine. Die kennt ihr vielleicht.«

Die Rehberger hatten schon früher so mancherlei munkeln hören, jetzt wiederholte und bestätigte das so ein berühmter Mann. Der eine starrte in sein Glas, ein anderer zur Decke hinauf, ein dritter auf den schmutzigen Fußboden – sie kratzten sich hinter den Ohren, sagten im Chor zu allem ja und amen.

»Wenn also, – zum Beispiel, jemand dem Spagat seine – sagen wir mal – ärgern würde,« begann einer von den Zuhörern, dem vor lauter Bestürzung die Pfeife erloschen war, »wenn so einer ... zum Beispiel bei der Versteigerung ... kaufen würde ... dem ...«

» ... dem schickt sie die Läuse auf den Hals, Franzl,« ergänzte der Bauernburger so ruhig, als würde er sagen: »So nimm dir das mit heim.«

Es versteht sich von selbst, daß nach vierzehn Tagen die Kunde über das »Wissen« der Vorfahren von Michls Frau und über deren eigenes »Wissen«, von der Großmutter über die Mutter weitervererbt, ausführlich und gründlich weit und breit in der ganzen Gemeinde durchgehechelt war.

Als die dürftige bewegliche Habe, soweit sie nicht beiseite geschafft worden war, unter den Hammer kam, fand sich keine Menschenseele zur Versteigerung ein. Die Einheimischen fürchteten sich vor geheimen Mächten, und die Auswärtigen hatten Angst vor den Einheimischen.

Der Richter hatte dem Grenzpolizisten zweihundert Gulden Schmerzensgeld zugesprochen, jetzt blieb nichts anderes übrig, als den Betrag als Schuld auf der Hütte ins Grundbuch eintragen zu lassen. Wenn der Finanzer Bargeld haben wollte, mußte er versuchen, eine Versteigerung des Immobilienbesitzes herbeizuführen.

Was die amtlichen Prozeßkosten anbelangt, verlief die Angelegenheit ähnlich ergebnislos. Der Freirichter verfaßte ein Armutszeugnis und wies auf die fürchterliche Notlage der unschuldigen, des Vaters beraubten Kinder hin. Ein Stein hätte sich davon erweichen lassen. Während der Freirichter das Zeugnis ausgestellt hatte, hatte er geflucht und gewettert, geschrieben hatte er es aber dennoch. So sind die Unsrigen: untereinander streiten sie herum, verleumden einander, raufen miteinander, vielleicht erschlägt sogar einmal der eine einen anderen; aber nach außen stehen sie füreinander ein und halten fest zusammen wie die Kletten.

Paradiesischer Frieden und trautes Einverständnis herrschten in der Schätzenreither Hütte, obzwar das

Familienoberhaupt gar nicht hier war. Seiner wurde nicht einmal in den Gebeten gedacht.

VI

Der Winter senkte sich auf die unendlich weiten Wälder herunter, hüllte die dunklen Fichten und die grünen Wiesen in sein weißes Tuch. Manchmal ist das so schön und herrlich, daß dem nicht einmal die Pracht einer Fürstin gleichkommt. Die Sonne spiegelt sich in den Eiszapfen, ein endloser Schwarm glänzender, winziger Kristalle schwebt in leichtem Fluge durch die Luft. Auf den Bäumen wachsen Blüten von tausenderlei Formen. Aber es gibt auch Winter, in denen die Sonne weder auf- noch untergeht. Dichte Nebel steigen aus den Filzen auf und verdunkeln Himmel und Erde. Ständig herrscht eine endlose Dämmerung, es gibt keinen Morgen, weder Mittag noch Abend. Kein Mond erhellt die Nacht, kein Schimmer eines Sternchens kommt durch. Und es kann keine Rede davon sein, daß in diesem verdämmernden Tag und im nächtlichen Dunkel himmlischer Frieden und erhabene Ruhe walten würden, nein, die wahren Herrscher sind der gräßliche Tod und die tödliche Stille.

Das sind die Tage und Nächte, in denen sich auch der erfahrenste Waldarbeiter verirren kann, in denen die allernächsten Nachbarn einander nicht zu besuchen wagen, weil sie sich schon auf einem Weg von zweihundert Schritt verlaufen könnten. Und wehe dem, der den Weg verliert! Wintergespenster lähmen seinen Geist, er geht immer im Kreis rundum und kennt sich nicht mehr aus. In tiefen Schneewehen, in bodenlosem Schlamm, im Felsgewirr und in dunklen Schlüften bleibt er stecken oder er geht ohne Rast, bis ihm die Füße erschlaffen und er sich hinsetzt oder -legt – und Nebel und Schnee, der ihn in dichtem Flockenwirbel umtanzt, umfangen ihn und decken ihn mit ihrem Mantel zu. Der Nebel macht blind und taub. Auf zwanzig Schritte dringt weder ein Feuerschein noch das flackernde Licht eines Buchenspans mehr durch, kein beleuchtetes Fenster ist mehr zu erkennen. Die Stimme eines Menschen erstirbt vor dem Mund, kann die dichte, dunkle Wand nicht durchdringen.

So war es in dem Winter nach den Begebenheiten, die ich bislang erzählt habe, so ein Januartag war es, an dem man den letzten Freirichter aus der künischen Zeit zum ewigen Schlaf auf dem Rehberger Friedhof bestattete.

Der Tod hatte ihn rasch hingemäht, nicht einmal drei Tage hatte er leiden müssen. Er war in den Wald um Holz gefahren, hatte sich im Nebel verirrt, volle zehn Stunden hatte er suchen müssen, bis er den Weg wiedergefunden hatte. Er kam nach Hause, sein Kopf brannte, als wäre Feuer drin, beim Atmen hatte er Seitenstechen. Man wollte den Arzt holen, es ging nicht, der Nebel und die Schneeverwehungen machten es unmöglich. Die alten Vetteln aus der allernächsten Nachbarschaft kamen herbei, beratschlagten würdevoll und empfahlen zehn verschiedene, unfehlbar wirksame Behandlungsweisen. Sie legten ihm ein Zugpflaster mit Meerrettich auf, flößten ihm einen Absud von Tausendguldenkraut ein, räucherten den Raum mit Wacholder aus, bepflasterten ihn mit Fladen aus frischem, körperwarmem Kuhmist und gaben ihm Ziegenurin zu trinken, der angeblich noch nie seine Wirkung verfehlt hatte. Alles erwies sich jedoch als vergeblich, obwohl die alten Weiber übereinstimmend von zahlreichen Fällen erzählten, in denen ihre »Mittel« geholfen hatten. Dann wandten sie an dem Kranken ihre Zauber an, beschworen ihn mit uralten Sprüchen – nicht einmal die allerkräftigsten waren stark genug.

Nun empfahl der Rat der zauberkundigen Alten, den Herrn Pfarrer zu holen.

Josef machte sich mit einem Knecht auf den Weg, mit ihnen gingen noch drei starke Männer mit, der Nachbar und zwei Inleute. Sie banden sich breite Schneereifen an die Füße, um nicht so tief einzusinken, und hielten sich immer dicht am Waldrand, einer hinter dem anderen, der alte, erfahrene Nachbar voraus, damit sie sich nicht verirren oder verlieren konnten. So kamen sie an den Bach, stapften nahe am Ufer weiter, bis sie die Brücke erreichten. Hinter der Brücke beginnt die Straße zwischen Vogelbeerbäumen und Ulmen anzusteigen. Oben am Berg stehen nebeneinander das Pfarrhaus und das schindelverkleidete Kirchlein mit dem mächtigen Zwiebelturmdach, dem kaiserlichen Adler und dem Wappenschild der künischen Freirichter. Die Mauern der beiden Gebäude, obwohl aus Steinen errichtet, sind an der Seite, von welcher der Wind kommt, vollständig mit Schindeln verkleidet, denn Mörtelverputz würde den wütenden Unwettern nicht lange widerstehen.

Zwei Stunden dauerte der Weg durch Nebel und Finsternis, für den man bei günstigerem Wetter kaum viel mehr als eine halbe Stunde benötigt.

Als die Männer vor dem Pfarrhaus standen, hatte stockfinstere Nacht schon alles in ihren dichten Schleier gehüllt. Der ältliche Herr Pfarrer wurde aus seiner Ruhe herausgerissen. Er holte das Allerheiligste Sakrament; sie banden ihm auch Schneereifen an die Füße, zündeten Pechfackeln an und machten sich alle auf den Rückweg zum sterbenden Freirichter.

Es schlug zwölf Uhr Mitternacht, als sie den Pfarrer wieder ins Pfarrhaus zurückbrachten und sich zum vierten Mal auf diesen Weg machten. Alle waren müde zum Umfallen, in dieser Totenstille über ihnen und rings um sie herum war ihnen schrecklich zu

Mute. Der Wind hatte sich völlig gelegt, kein Wasser rauschte; unter ihnen totenstarre Erde, über ihnen blinder Himmel, ringsum lautlose Stille.

Als sie, halbtod vor Erschöpfung, zu Hause ankamen, trafen sie den Freirichter nicht mehr lebend an. Die Kräuterfrauen hatten sich in Klageweiber verwandelt und priesen jammernd den Verblichenen. Beim Kopf des Toten brannte eine Wachskerze, sie galt dem letzten aus der langen Reihe der künischen Freirichter.

Josef weinte bitterlich; der Vater war ihm weggestorben, ohne daß er ihn gesegnet, geschweige denn, ihm verziehen hätte. In der letzten Zeit hatte er kein einziges Wort mehr mit ihm gesprochen. Die alte Mutter kniete bei den Füßen des Toten, still und gleichmäßig fielen ihre Tränen, wie Regen, der lange anhalten wird.

Am nächsten Tag bahrten sie den Verstorbenen auf einem weißen Brett in der Kammer auf. Und wieder bahnten sich fünf Männer einen Weg zum Pfarrhof, um für den toten Freirichter die Sterbeglocke, das Grabgeläute, die Beerdigung und die Seelenmesse zu bestellen. Draußen herrschten noch immer dieser Nebel und diese Grabesstille.

Und am Abend kamen sie zusammen, wer von den Nachbarn und Nachbarinnen dazu imstande war, alte und junge; sie beweinten den Richter und beteten bis tief in die Nacht hinein. Das ging drei Tage so, solange der Verstorbene in der Kammer lag.

Am vierten Morgen spannten sie dann vier Zugochsen vor den Schlitten und beluden ihn mit dem Toten in einem schlichten, schwarzen Sarg. Der Nachbar, obwohl er kein gelernter Tischler war, hatte ihn in der Zwischenzeit geschreinert. Nach unsäglichen Mühen und Schwierigkeiten kamen sie zur Kirche und begruben den Freirichter auf dem hochgelegenen

Friedhof, wo im Sommer die Sonne so schön hinscheint und die Vögel lieblich zwitschern.

Die letzten Erdschollen waren auf den Sarg hinuntergepoltert, die Angehörigen hatten ein letztes Mal geweint, jeder der Trauernden hatte über dem frischen Grabhügel sein Kreuzzeichen gemacht; feiner, weißer Reif fiel auf die gelbliche Erde, während alle auseinandergingen. Die Verwandten und die besten Freunde jedoch kehrten mit den Hinterbliebenen zum vereinsamten Hof zurück. Auch an jenem Tag zerriß kein Windhauch die Nebelschleier.

Auf dem Richterhof hatte man zu Ehren des Toten ein Mahl vorbereitet. Auf zwei Tischen im Herrgottswinkel unter den Heiligenbildern wurde aufgetragen. Man schleppte eine mächtige Pfanne voller Schmalznudeln aus Roggenmehl herbei und große Töpfe mit gestöckelter Milch; dann eine riesige Schüssel mit Sauerkraut, in dem kleine Stücke geräucherten Fleisches waren, von der Kuh, die sie im Herbst geschlachtet hatten, weil sie in das Alter gekommen war, in dem sie keine Milch mehr gab.

In der anderen Ecke, bei der Tür, lag, mit Holzscheiten festgekeilt, ein angezapftes Bierfaß, aus dem sich jeder, seinem Durst entsprechend, einschenkte. Mitten in der Stube brannten knisternd auf Gabeln gesteckte Buchenspäne.

Man aß und trank, in den Gesprächen erwies man dem Andenken des Verstorbenen alle Ehre. Da saß auch ein alter, angesehener Nachbar, ihm gehörte eine ganze Hufe Land, der sprach zuerst:

»Das war ein anständiger, rechtschaffener Mensch, unser Freirichter. Er hat gearbeitet, hat gespart, keinen Groschen vergeudet. Bei einem Glas Bier hat er notfalls bis Mitternacht sitzen können.«

»Gerauft hat er auch nicht, niemandem hat er ein Unrecht angetan, auch nicht in seiner Jugend,« fuhr der Martin-Franz, ein anderer Nachbar fort. »Die heutige Jugend dagegen ist verkommen.«

»So ist's, wirklich, so ist's!« wiederholte ein ganzer Chor.

»Und seinen Wald hat er geliebt,« ergriff der Jakoben-Wenzel das Wort. »Seinen Wald hat er mehr geliebt als alles andere. Jeden Baum hat er gekannt, und die Furchen und Risse in der Rinde der alten Fichten sind für ihn wie Schriften gewesen, in denen er gern gelesen hat.«

»Wahrhaftig, er hat ihn geliebt, seinen Wald,« schloß sich der Andresen-Sepp an. »Nicht einen Baumstamm hat er rausgeschnitten. Wie er im vorvorigen Jahr im Stall neue Stützbalken eingezogen hat, hat er sich das Holz dafür lieber gekauft.«

»Und wie er ihn gehütet hat, seinen Wald!« – »Das ist wirklich ein Wald!« – So einen gibt's hier gar nicht mehr!« – bekräftigten verschiedene Rufer.

»Josef,« fing der alte Bauer, der erste Sprecher, wieder an: »Halt sein Andenken in Ehren! Jetzt bist du der Bauer, bewahr' den Wald wie dein Vater! Der würde sich im Grab umdrehen, wenn du ihn verkommen ließest.«

Und Josef, der schweigend auf und ab ging, neue Buchenspäne aufsteckte, stimmte ihm zu.

Es wurden aber auch noch andere Gespräche geführt. Mitten zwischen den Schmausenden saß der Wenzel-Sepp, ein bekannter Schmuggler. In seinen freien Stunden sang dieser Mann mit weinerlicher Stimme bei Begräbnissen und leierte bei Prozessionen zahllose Gebete herunter, deren Inhalt und Wortlaut er gräßlich verstümmelte. Wie stets bei derartigen Gelegenheiten, hatte er ein paar Pfund angeriebenen Schmalzler bei sich – wie der Schnupftabak hier auch bezeichnet wird – und da bei der augenblicklichen Wetterlage niemand nach Bayern rübergehen konnte, verkaufte er ihn gut – fast jeder der anwesenden Männer deckte sich damit ein.

Josef gab den Gästen, was vom Tabakvorrat seines Vaters übriggeblieben war. Sie ließen die Fläschchen aus buntem Glas kreisen und schnupften auf sein Wohl.

Lang in die Nacht hinein blieben sie sitzen, redeten und tranken, bis einige von ihnen nicht mehr sicher auf den Beinen stehen konnten. In dem entsetzlichen Nebel traute sich auch niemand wegzugehen. Auf den Gabeln brannten allmählich die letzten Späne herunter, verzischten die Glutreste in dem darunter stehenden Wasserschaff. Einer nach dem anderen legte sich schlafen, einfach auf den Boden, Männer wie Frauen, bis ein zwanzigstimmiges Schnarchen verkündete, daß die Herrschaft der Träume begonnen hatte.

Draußen, bei der ersten Wegkreuzung, lag das Brett, auf dem der Körper des Verstorbenen gelegen hatte. Mit dem Messer waren drei Kreuze hineingeschnitten worden, um anzuzeigen, wozu es zuletzt gedient hatte. Dort wird es liegen bleiben, bis es morsch wird und vermodert.

Als sich am nächsten Morgen die Schläfer aufgerappelt hatten und ihre vom Bier schweren und brummenden Köpfe im Trog auf dem Vorplatz des Hauses wuschen, merkten sie, daß in den Nebel Bewegung gekommen war. Ein Wind aus dem Westen fuhr hinein, zerriß ihn in Fetzen, wirbelte ganze Wolken auf, die wie riesige Meereswogen anrollten. Der Unterschied bestand nur darin, daß sie lautlos, ohne Brausen und Getöse, daherkamen. Hier tauchte eine dunkelgrüne Fichte, dort ein weißes Dach, weiter weg ein mit Gebüsch bewachsener Abhang aus der grauen Brühe auf. Doch neue Wolken wälzten sich heran, begruben alle Gegenstände erneut unter sich, verwisch-

144

ten alle Konturen. Wie eine stumme Brandung prallten dichte Wolken gegen felsige und waldbewachsene Hänge, überschlugen sich, kletterten wie zäher Rauch in die Höhe. Und wieder packte sie der Wind und trieb die aufgestauten Nebel auseinander.

Zur Mittagsstunde hatte der Wind vollständig gesiegt; – die Nebelschwaden waren nach Osten geflohen. Doch kaum hatte sich ein Stück des blauen Firmaments gezeigt, schloß sich der Himmel wieder. Schneewolken zogen auf, mit voller Stärke brach ein Schneesturm herein. Kleine, ganz kleine Flocken, die aussahen wie winzige Eisnadeln, wirbelten mit den anderen, welche der Nebel zurückgelassen hatte, durch die Luft. Kaum waren ein paar Stunden verstrichen, hatte der Schneesturm seine eigenen Bauten errichtet. Tiefe Einschnitte und Bachläufe hatte er zugeschüttet und Wälle und Dämme um die Häuser herum und an den Waldrändern aufgetürmt.

Gut, daß die Gäste die kurze Ruhepause der Elemente ausgenützt und sich auf den Heimweg gemacht hatten, solange dafür Zeit gewesen war.

VII

Über drei Jahre waren schon vergangen, seit der alte Freirichter gestorben war. Viel hatte sich verändert, vieles war beim alten geblieben. Michl Spagat kehrte von Písek zurück, ein bißchen gealtert, er ging etwas krummer, die tiefliegenden Augen blinzelten noch stärker. Ansonsten aber war er der alte Michl geblieben und hauste und wirtschaftete nach seiner Art in der uns bekannten Hütte in Schätzenreith. Eigentlich war sie nicht mehr sein Eigentum, denn bei der dritten Zwangsversteigerung hatte sie sein jetziger Schwiegersohn Josef, der Sohn des Freirichters, schön weit unter Wert – für ganze hundertzwanzig Gulden – gekauft. Aber Michl bewirtschaftete ...

Auf dem Freirichterhof herrschte ebenfalls Leben. Dort hauste nicht nur Josef selbst mit seiner Annamirl, im Austrag wohnte dort auch seine alte Mutter, auf dem Fußboden in der Stube krabbelte ein zweijähriger Junge herum, und aus der Wiege ertönte die liebliche Stimme seines vier Monate alten Schwesterchens.

Die stille und alles-mit-sich-machen-lassende Annamirl hatte sich ziemlich verändert. Kaum waren die Flitterwochen abgelaufen, da zeigte sich, daß die junge Bäuerin nicht nur sehr gut das Gesinde herumkommandieren konnte, sondern auch den Bauern. Gelegentlich kam die liebe Frau Mutter vorbei, und dann wurden regelrechte Konferenzen abgehalten. Der geschätzte Leser erinnert sich vielleicht noch daran, daß die Alte ihr zauberisches »Wissen« heimlich an die Tochter weitergeben konnte. Ich will niemandem etwas aufschwatzen, ich habe die beiden niemals belauscht. Nur so viel weiß ich, daß nach solchen Beratungen die gute Annamirl stets launisch und übermäßig mürrisch war; nichts konnte sie dann erfreuen. Sie jammerte und nörgelte – ihr pflegte zum Heulen zu sein.

»Hier wirtschaften! Soll sich ein Mensch so abschinden? Warum verkauft ihn der Meine nicht, den elenden Wald, der keinen einzigen Kreuzer einbringt ... Das Vieh hat auch keinen Wert ... Felder! Was sind bei uns schon Felder! Sie geben ja nicht mal genug Brot für den Haushalt her, geschweige denn so viel Getreide, daß man davon noch was verkaufen könnt' ... Was geben wir den Kindern?«

An die armen Kinder dachte die besorgte Mama immer; das Mädchen weinte noch in der Wiege, und sie bereitete schon die Aussteuer vor.

Josef erwiderte ihr: »W-a-a-s willst du? Daß ich verkaufen soll? Daß ich mich woanders einkaufen soll? Aber der Hof ist doch gut, die Eltern hat er ernährt, uns und die Kinder ernährt er auch.«

Aber er redete vergeblich; der einmal angeschlagene Ton änderte sich nicht, und damit blieb auch das ganze Lied das alte.

Wenn Josef ein gelehrter Herr gewesen wäre, hätte er vielleicht gesagt: »Weibliche Logik geht andere Wege als die der gültigen Logik, folgt anderen Prinzipien und leitet daraus andere Konsequenzen ab ... dagegen stemmst du dich erfolglos.«

Doch Josef war nur ein schlichter Bauer, manchmal bat er, manchmal schlug er auf den Tisch und brüllte, am häufigsten aber verließ er den Hof und ging ins Wirtshaus, damit er sich nach der Rückkehr der Weibertränen und Vorwürfe besser erwehren konnte.

Im Gegensatz dazu bereitete Michl dem Josef keinerlei Schwierigkeiten. Er kümmerte sich weder um den Schwiegersohn noch um seine Tochter, welche während der Zeit, die er in Písek abzusitzen hatte, mit Einwilligung des vorübergehend dafür eingesetzten Vormundes geheiratet hatte. Michl hatte nur gesagt, daß sie von ihm nichts bekommen werde, da sie nicht seine Tochter sei. Sie erhielt auch wirklich keine Mitgift. Josef gab sich mit dem zufrieden, was Annamirls Mutter versprochen hatte. Der Michl hatte übrigens andere Sorgen: er trieb Beträge ein, die ihm verschiedene Bauern schuldeten, und er besuchte die Verstecke zwischen den Felsen, von denen die Leser bereits wissen. Dorthin ging er zur Nachtzeit, wenn in den Baumwipfeln zuweilen gespenstische Flammen lodern, verwunschene Seelen; wenn aus den Felsen und Filzen geheimnisvolle Seufzer und Klagelaute zu hören sind. Wonach Michl in jener Wildnis suchte, was er fand, kein Menschenauge hat etwas davon gesehen.

Bei uns, in den Gebieten der künischen Freigerichte, gilt das gegebene Wort; da und dort hatte man zwar seine eigenen Ansichten von Ehrlichkeit, aber am gegebenen Wort hielt man aufrichtig fest: Jedermann zahlte dem Michl die Zinsen für mehr als drei Jahre. Es waren Wucherzinsen, aber es gab keinen einzigen Schuldner, der sich durch eine Anzeige bei Gericht der verabredeten Bezahlung hätte entziehen wollen. Michl scharrte zusammen, was er bekommen konnte – die Leute verrieten nichts davon, die Wasser murmelten nichts darüber, aus den Wäldern rauschte nichts davon heraus.

Die Zeit verstrich in ihrem steten, lautlosen Flug. Mehr und mehr fremde Leute begannen, den alten, stillen Wäldern und den Gutachten über die ungehobenen Schätze darinnen Beachtung zu schenken.

So kam eines Sonntagmorgens eine würdige Dreiergruppe fremder Herren ins Wirtshaus bei der Kirche. Diese Herrschaften nahmen an einem großen Tisch Platz und schlürften das trübe Bier einer Böhmerwäldler Brauerei. Zu gut schmeckte es ihnen wohl nicht, trotzdem gingen sie nicht, nein, sie warteten sogar, bis das Hochamt beendet war, und die Bauern von Gottes Wort fort zu einem anderen Wörtchen gingen, von dem der alte Herr Pfarrer zu sagen pflegte, daß es des Teufels sei.

Einer dieser Herren war ein dickwanstiger Sohn Israels, elegant gekleidet, daß es eine Freude war, ihn anzuschauen. Zwei imposante Goldketten umspannten seinen kugelrunden Bauch, über dem sich eine Samtweste wölbte. Wohlwollend betrachtete er durch einen goldenen Zwicker die ihn bewundernde Männer- und Frauenwelt und lächelte herablassend. Einige kannten ihn bereits, alle hatten schon von ihm gehört. Unten an der Wottawa hatte er ein Grundstück, dieses Gelände wurde einfach die »Judenwiese« genannt, dort wurden Flöße zusammengestellt. Kurz gesagt, das war Herr Lazarus Rosenduft, ein berühmt-berüchtigter Holzhändler und Millionär.

Neben ihm saß eine lange, dürre Hopfenstange mit wirrem Haar, in einem recht abgetragenen Jägeranzug, einen grünen Hut mit Auerhahnstoß und Gamsbart weit hinten im Nacken, und mit einer häßlichen Narbe im Gesicht, von der Nase bis über die linke Backe hinunter. Damit der liebe Leser nicht lange nach seiner bewegten Lebensgeschichte zu fragen braucht, erzähle ich, ohne Umstände zu machen, daß dies Herr Martin Sturz war, ein ehemaliger Förster von irgendwo in Deutschland, der wegen gewaltiger Schwindeleien aus dem Dienst bei verschiedenen Edelleuten entlassen worden war. Wenn er dafür auch nicht gerichtlich bestraft worden war, verdient gehabt hätte er es schon. Zur Zeit trug er den selbstverliehenen Titel eines zivilen Obergeometers; er vermaß für Bauern die Wälder, schloß sich den Holzhändlern an, warb für sie Lieferanten und lebte von Beute, die er als Honorar bezeichnete.

Der dritte dann, zweifellos der Heilige Geist dieser Dreifaltigkeit, war der uns bereits bekannte Ehrenmann und »Advokat«, Herr Lešanský. Sein schmächtiger Körper drehte und wandte sich ununterbrochen auf der Bank hin und her, seine Augen wanderten fortwährend von der Tür zu seinen Gefährten und von jenen wieder zurück zur Tür, als ob er fürchten würde, daß jemand durch sie hereinkommen könnte, vor dem ihn seine Genossen schützen müßten. Die Frage war nur, ob sie ihn schützen würden. Seine schmuddeligen, dürren Finger griffen immer wieder nach dem Henkel seines Bierkruges, hoben diesen aber nie zu den Lippen. Offensichtlich war er recht aufgeregt, der gute, ehrenwerte Herr Lešanský.

Die Schankstube füllte sich. Auch Josef Wurm, der Sohn des Freirichters, kam herein. Der Winkeladvokat schoß hoch, als wenn ihn jemand von unten angestochen hätte, sprang aus der Bank und geradewegs dem Eintretenden entgegen.

»Ah, mein lieber Herr Wurm! Wie geht es Ihnen? Was machen Sie so? Offensichtlich sind Sie mir sehr böse, hinsichtlich, no, Sie wissen schon ... ... wissen Sie ... Aber kommen Sie nur, ich erklär' Ihnen alles, bestimmt werden Sie mir verzeihen! So ein Großbauer wie Sie! So ein Kerl! In den neun Freigerichten zusammen und auf zehn Meilen im Umkreis gibt's keinen zweiten wie Sie!«

Er packte den verblüfften und vollkommen überrumpelten Josef am Ärmel und zog ihn in eine Ecke. Er verrenkte sich regelrecht, während er auf ihn einredete und dabei mit seinen Händen mächtig in der Luft herumfuchtelte.

»Wissen Sie – damals ging das nicht, verdammt soll ich sein, es ging einfach nicht ... wenn das geklappt hätte ... wäre das gegangen. Ärgern Sie sich nicht! Ich bin Ihr Freund, Sie haben keinen besseren auf der ganzen Welt. Ich will Ihnen meine Ehrlichkeit beweisen. Also hören Sie! Vier Jahre lang studier' ich, zerbrech' mir den Kopf mit lauter Überlegungen, wie ich Ihnen das ersetzen könnte ... ein Mensch hat seinen ehrlichen Namen, sein gutes Gewissen, mehr nicht ... So bin ich auf folgende Lösung gekommen: Sie sind ein unermeßlich reicher Bauer, bloß Sie selbst wissen das gar nicht; gute Freunde müssen Sie darüber aufklären. Sie besitzen Wald, und zwar so einen, den man wirklich Wald nennen kann. – Was denn, Ihr Vater? Der Herrgott geb' ihm die ewige Ruh', aber er hat schon nicht mehr in diese Welt gepaßt. Er war das, was wir einen alten Gestrigen nennen – verzeihen Sie, natürlich war er ein anständiger Mensch, aber nicht von diesem Jahrhundert. Daß er zu seiner Zeit den Wald geschont hat, war gut, Holz hatte damals ja keinen Wert. Aber heute ist das anders; heute muß ein Wald was abwerfen. Und das sag' ich Ihnen, damit Sie wissen, was für ein Freund ich bin. Schauen Sie mal dort den Herrn Rosenduft an ... der kauft Holz, und wie! Neben ihm sitzt der Herr Obergeometer ... der vermißt die Wälder. Und wie er das macht! So eine Geschicklichkeit und Virtuosität kommt in tausend Jahren nur einmal zur Welt. Drei Millionen Tagwerk hat er schon vermessen! ... Drücken Sie ihm einen Fünfziger in die Hand, und er mißt Ihnen aus, was Sie wollen, notfalls auch um zwanzig Tagwerk mehr ... Der kann das! ... Und, unter uns ... der Jud' ist dumm, den stecken Sie zehnmal in die Tasche. Der Jud' versteht etwas vom Holzhandel, aber vom Wald??? Das ... das ... also Sie sehen jetzt, so ersetz' ich Ihnen den Schaden von damals zehnfach. Was sag' ich, zehnfach – hundertfach! Sie sind schrecklich reich, Herr Wurm. Wenn ich kein so armer Hund wär', hier, auf der Stelle, würde ich Ihnen fünfzigtausend für Ihren Besitz auf den Tisch zahlen.«

In dieser Weise redete der ehrenwerte Herr Lešanský, und Josef hörte ihm zu. Und je länger er ihm zuhörte, desto mehr war er überzeugt, daß er ihm eigentlich Unrecht getan hatte. »Großbauer« war er genannt worden – eine süße, erhebende, berauschende Titulierung! Herr Lešanský hatte noch gar nicht ausgeredet, da glaubte Josef schon fest daran, daß er wirklich ein Großbauer war. Kopf und Körper reckten sich höher, und die ankommenden und um den Tisch sitzenden Gevattern und Onkel erschienen ihm so, als ob er sie durch ein Verkleinerungsglas anschauen würde.

Herr Lešanský redete weiter, ausführlich und mit überzeugender Bestimmtheit. War das vielleicht nicht die reine Wahrheit, daß für einen Ster Weichholz, der früher kaum fünfzig Kreuzer gekostet hatte, jetzt zwei Gulden bezahlt wurden? Und Bäume gab's genug in seinem Wald, mächtige, hundertjährige Fichten, vielleicht könnte der Herr Obergeometer einmal schätzen, wieviele Festmeter Holz sie geben würden. Und all die Latten, Stangen, Stäbe – hundert Flöße könnte man damit beladen.

Siehe da, plötzlich waren Annamirl und ihre Mutter, die Michlin, auch zur Stelle. Man kann sagen, was man will, Frauen sind schlauer; was die dem Josef nicht alles einredeten, damit er verkaufen und wegziehen sollte. Sie bliesen ihm die Ohren voll, wie grausam das Leben in diesen Bergen ist, daß dagegen unten, im Flachland, wie man hört, die Bauern die ganze Woche Rindfleisch und Schweinefleisch essen ... Josef war versöhnt und drückte dem guten Herrn Lešanský herzlich die Hand. Dieser versprach noch, auf Josefs Wunsch hin, sich beim geschickten Herrn Obergeometer dafür einzusetzen, daß er ihm den Wald so bald wie möglich vermessen würde.

Während sie so miteinander redeten, rief Herr Sturz die Wirtin herbei und sagte laut, damit es alle hören konnten, zu ihr. »Bringen Sie eine Platte Forellen blau! Der Herr von Rosenduft bezahlt drei Kreuzer pro Stück und zwanzig Kreuzer für die Zubereitung. Aber gut müssen sie sein, und groß!«

So generös hatte noch nie jemand bezahlt. Für eine Forelle drei Kreuzer! Wer hatte sein Lebtag lang so etwas schon gehört? Die's vernommen hatten, staunten, und man hatte neuen Gesprächsstoff.

Es hatte schon längst zwölf geschlagen, auch zwei hatte es schon geschlagen, und die Dreiergruppe saß noch immer da. Bloß, jetzt steckten sie ihre Nasen nicht mehr in Biergläser, sondern tranken Wein aus ein paar Flaschen, die Herr Rosenduft mitgebracht hatte.

Herr Rosenduft war überhaupt in Spendierlaune: gegen drei Uhr verkündete Herr Lešanský im Namen von Herrn Rosenduft, daß jener Herr, um zu zeigen, wie gut ihm die Gesellschaft der Rehberger Grundbesitzer gefalle und wie hoch er sie schätze, vier Fässer Bier und dreißig Portionen Surfleisch gekauft habe, um sie damit zu bewirten. Damit sie also auf sein Wohl essen und trinken könnten.

Eine nie dagewesene Sauferei hub an, besonders, nachdem Herr Rosenduft den bereits spendierten vier Fässern noch weitere fünf folgen ließ. Seine Herren Adjundanten konnten die Bauern nicht genug weichreden. In dieser schwülen Atmosphäre, in Qualm und Hitze, Lärm und Gegröhle, hielt Herr Rosenduft aus, bis sich der Tag neigte und die schlechte Straße ihn zur Rückfahrt zwang.

Unter den Zurückbleibenden, denen allen eingeredet worden war, daß sie ungeheuer reich seien, herrschte eine maßlose Lebensfreude, und das Ende davon war eine allgemeine Rauferei, die in den Annalen jenes berühmten Freigerichts einmalig blieb.

Herr Rosenduft war nur mit Herrn Lešanský abgefahren. Herr Sturz war hiergeblieben und begann gleich am nächsten Tag, die Waldungen zu vermessen. Bei Josef machte er den Anfang. Während Herr Sturz bei seiner Arbeit war, kamen die anderen Waldbesitzer, einer nach dem andern, um zuzuschauen. Herr Sturz maß wie um die Wette, und, wie Herr Lešanský gesagt hatte, dabei machte er aus einem Tagwerk anderthalb und mehr, bloß, um sich beliebt zu machen. So zeigte er zum Beispiel Josef, daß im Grundbuch ein Fehler steckte, denn das wies für seinen Waldbesitz fünfzig Tagwerk aus, während Josef nach den Berechnungen des Herrn Sturz achtzig Tagwerk Wald besaß. Und was er ihm an Festmetern Holz vorrechnete! ... Es war einfach großartig, und Josef, um zu zeigen, daß er ein Herr sei und wisse, was sich für so einen schicke, bestellte mitten im Monat Juli einen mit bunten Hamsterfellen gefütterten und mit Waschbärfell gesäumten Pelzrock, wie ihn der Bergreichensteiner Doktor trug, wenn er im Winter auf Hausbesuch heraufkam. Dazu zog Josef auf ewig die Holzschuhe aus und ließ sich ein Paar hohe Stiefel machen, nach dem Muster der napoleonischen Kürassiere, von denen einer der ganz Alten im Dorf erzählte, welcher im Jahre 9 mitgeholfen hatte, sie bei Aspern zu erschießen und zu erstechen [Jahr 9 = 1809, Schlacht bei Aspern, Erzherzog Karl von Österreich schlägt Kaiser Napoleon].

Am Sonntag darauf kamen die Herren Rosenduft und Lešanský erneut angefahren, ließen sich wieder im Wirtshaus bei der Kirche nieder, und Herr Lešanský fing sofort damit an, die Verträge auszufertigen. Herr Rosenduft war so uneigennützig, daß er sämtliche Unkosten für Stempelmarken selbst übernahm. War das eine Arbeit! Andauernd gab es ein Gedränge um den Tisch, an dem Herr Lešanský schrieb.

Gerade als Josef herantrat, fiel ihm wohl plötzlich sein Vater ein; er wich zurück, er müsse sich dazu noch einen Ratschlag holen. Ungeheuere Tausender tanzten vor seinen Augen, er ist schrecklich reich, aber, wer weiß? Wer weiß? »No, no,« drängte Herr Lešanský, »Sie nicht, Herr Wurm?«

Josef ging weg und ins andere Wirtshaus, in dem sich sein Schwiegervater aufhielt, mit dem er schon lange nicht mehr gesprochen hatte. Wortlos setzte er sich neben ihn. Der Alte blinzelte ihn von der Seite an, ab und zu nahm er aus einem bunten, runden Fläschchen eine Prise Schnupftabak.

Nach einer Weile begann Josef:

»Ratet mir, Alter, was soll ich tun? Ich hab' für vierzigtausend Holz, der Jud' möcht's kaufen ...«

Darauf der Alte: »Mach was du willst, mich hat er nicht gefragt.«

»No, aber Ihr fahrt doch Holz.«

»Warum fragst du denn überhaupt? Du bist der Herr. Was versteh' ich von Holz. Frag mich wegen Ochsen, da kenn' ich mich aus.«

»Aber hört doch, vierzigtausend fürs Holz; das ist doch ein Geld!«

»Also, eine Latte kostet ein Fünferl; verkauf das Holz zu dem Preis, wenn du einen Dummen findest, der dir so was anbietet.«

Mehr war aus dem Michl nicht herauszuholen. Er schnupfte, trank und schwieg. Josef ging wieder in das Gasthaus zurück, in dem die Verträge aufgesetzt wurden. »Hol's der Teufel,« stöhnte er und trat an den Tisch heran. »Also, ich verkauf', schreiben Sie den Vertrag!« Er nannte die Zahl der Festmeter.

Herr Lešanský schaute ihn scharf an, legte den Zeigefinger auf die Lippen, sprang auf, kratzte sich hinterm Ohr und sagte: »Lieber Freund, nicht so ungestüm! Denken Sie an die Anlieferung und an die Lieferfrist! Herr Rosenduft kauft nur so; zu einem bestimmten Zeitpunkt muß das Holz beim Fluß sein. Wer weiß, ob Sie das schaffen. Probieren Sie's mit der Hälfte; sammeln Sie erst mal Erfahrungen! Das Holz im Wald läuft nicht davon. Da sehen Sie, daß ich Ihr Freund bin ...«

Josef rechnete im Geiste. Drei Paar Ochsen hat er, sollte er's brauchen, pachtet er ein Paar dazu. Der Rat von Herrn Lešanský war gut. Warum alles auf einmal? Also gut, er verkauft die Hälfte.

Herrn Lešanskýs Feder flog nur so über das weiße Papier. Josef staunte über diese fabelhafte Schnelligkeit. Herr Lešanský brauchte für die Ausfertigung des Vertrags beinahe weniger Zeit, als Josef gewöhnlich benötigte, um seine Unterschrift hinzumalen. Herr Lešanský las ihm vor. Noch niemals hatte Holz einen solchen Wert gehabt. Josef staunte über seinen Reichtum. Wie wird sich Annamirl freuen! Schluß mit dem Jammern und Betteln; er hatte eben doch recht gehabt, als er behauptet hatte, daß der Wald einen ernähren könne. Und der Vater? No, der Vater ist tot. Ein Wald kann schließlich nicht ewig stehen bleiben. Wozu hätte er ihn überhaupt, wenn er ihm nicht irgendwann einmal Profit brächte? Im Vertrag stand, daß er, Josef, sich verpflichte, innerhalb eines Jahres das Holz zum Floßplatz zu transportieren, daß er die Kosten für den Einschlag und die Fuhrlöhne trage. Wo sollten denn da Kosten entstehen? Die Ochsen hat er zu Hause – ohne diese Arbeit bleiben sie doch fast den ganzen Winter nur im Stall.

Er unterschrieb. Herr Lešanský fertigte noch eine Abschrift des Vertrags an, dafür erhielt er zwei Gulden von Josef, der daraufhin zu Herrn Rosenduft ging. Dieser bestellte ihn nach Bergreichenstein und blätterte ihm dort ein paar Tage danach dreißig hübsch bedruckte Hunderter auf den Tisch. Den Rest würde er ihm nach Ablauf des Jahres auszahlen.

Im Vertrag waren noch ein paar teuflische Pferdefüße drin, zum Beispiel: Wenn sich herausstellen sollte, daß Josef Wurm in seinem Wald nicht so viel Holz hätte, wie er verkaufe, müsse er die fehlende Menge woanders kaufen und auf seine Kosten an den Fluß befördern; daß der Käufer nicht verpflichtet sei, Holz minderer Qualität anzunehmen, und ähnliche Klauseln mehr. Lächerlich! Daß er nicht genug Holz haben sollte! Schließlich hatte der Herr

Obergeometer vermessen und ausgerechnet, daß er, Josef Wurm, dort mindestens zweimal soviel davon habe.

VIII

Und es war doch nicht genug. Sie machten sich auf in den Wald, fällten alte Fichten, entästeten und zersägten sie ... die eigenen Leute allein schafften es nicht, andere Holzhauer wurden dazu eingestellt. Von Allerherrgottsfrühe an bis die Sonne hinter den Bergen unterging, stürzte mit viel Krach und Getöse Baum um Baum. Auf tragische Weise ging der alte Recke, der Wald, zugrunde. Er, der mehrere Menschenalter lang Stürmen und Unwettern standgehalten, allen Angriffen der Elemente getrotzt hatte, er fiel und starb – so erfüllte sich sein Schicksal.

Als gegen Ende September der Altweibersommer in seinem schönsten Gewand Einzug hielt, voll unendlicher Herrlichkeit und Pracht, da war das dunkle Grün der Fichten verschwunden, verschwunden der endlos gewellte Teppich mit den eingewebten Purpurmustern aus roten Buchenblättern. Schon von weitem waren die weißlichen Stämme der Buchen zu sehen, für welche die grauen Hänge und Felsen den Hintergrund bildeten. Schwaden hellgrauen Rauches stiegen am Tag in den Himmel, zur Nachtzeit loderten rote Feuer, über denen die Holzhauer sich ihr Essen kochten, an denen sie sich wärmten, die ihnen die Myriaden lästiger Fliegen und Stechmücken von Leibe hielten, welche im jungfräulichen Boden unserer Mutter Erde zur Welt kamen.

Und als der Schneefall einsetzte, begannen sie damit, die Stämme und Scheiter abzutransportieren. Josef besaß drei Ochsengespanne, ein viertes pachtete er dazu, ohne Unterlaß fuhren sie, tagaus, tagein, bis spät in die Nacht hinein, das Holz zur »Juden-wiese«, fast zwei Wegstunden entfernt, steil bergab, auf einer Straße, die sich in zahllosen Serpentinen hinunterwindet. Irgendjemand hatte Josef und dessen Nachbarn geraten, sie sollten sich für die Stämme eine Gleitbahn bauen, was den Transportweg um eine Stunde verkürzt hätte. Sie machten sich die Arbeit nicht leichter, stritten herum, setzten ihre Dickschä-del auf, und aus der Rutsche wurde nichts.

Stattdessen kamen neue Schwierigkeiten: Schnee-verwehungen, Nebel, Tauwetter, Kälteeinbrüche, Glatteis bildete sich, auf dem die bedauernswerten Ochsen da wegrutschten, dort mit den Hufen einbra-chen. Scharfe Eiskanten schnitten wie Messer in Klauen und Fesseln, bohrten sich wie Dolche ins Fleisch, und rote Blutspuren bezeichneten den leid-vollen Weg dieser armen Tiere. Harte Eiszapfen hin-gen ihnen um die Mäuler und an den Wimpern der schönen, beredten Augen, es sah aus, als wären die Tränen, die ihnen die Schmerzen abpreßten, verstei-nert.

Bei Nebel mit heftigem Schneetreiben war das Fahren überhaupt unmöglich, und so ging kostbare Zeit verloren ...

Da ja nicht nur Josef, sondern beinahe alle Wald-besitzer Holz verkauft hatten und zur Judenwiese karrten, kam es, daß der Weg nahezu ununterbrochen befahren und ganz und gar zerstört wurde. Dazu wur-de er noch vom Regen und von Schmelzwasser ausge-waschen oder mit glitschigem Lehm überschwemmt, und tiefe Löcher entstanden. Als es darum ging, den Weg herzurichten, kam es zu neuen Streitigkeiten; ei-ner schob dem anderen die Schuld zu, und da keiner bereit war, Steine oder Kies herbeizuschaffen, womit man die Löcher hätte auffüllen können, ersoff der ganze Weg im Schlamm.

Wenn dann ein Fuhrwerk mit dem Holz am vereinbarten Platz angekommen war, nahm es ein rosenduftischer Angestellter in Empfang, der dort den ganzen Winter über und auch im Sommer in einer Bretterbude hauste. Er schimpfte und fluchte: »Was, das soll gutes Holz sein? Sollen das vielleicht Stämme sein? Stangen sind das, und noch dazu nicht mal gerade, voller Äste – da soll doch gleich der Donner! ... Nehmt euch diese Stecken wieder mit heim und baut Hühnerleitern draus... So was soll ich übernehmen? Haltet ihr mich für einen Esel?«

Die Bauern widersprachen, stritten mit ihm.

»Wißt ihr, was?« ging der Angestellte hoch, »wenn ihr nicht zufrieden seid, dann klagt doch beim Gericht. Wir berufen eine Kommission ein, dann werden wir's ja sehen. Aber so viel sag' ich euch: solange der Prozeß dauert, werdet ihr nicht mal Latten oder Scheiter herschaffen.« Halb zu sich redete er noch weiter: »Schlitzohren! Bande! Gesindel!«

Eine Reihe von dreißig, vierzig Fuhrwerken waren ständig unterwegs, hier warteten sie bei Kälte, bei Regen, bei glühender Sonnenhitze. Vor Übermüdung wollten die bis auf die Knochen geschundenen Zugochsen nicht einmal das vorgeworfene Heu fressen.

Das Ende sah gewöhnlich so aus, daß die Verkäufer sich mit der Hälfte des ausgemachten Preises einverstanden erklärten, woraufhin der Angestellte mürrisch und jammernd die Fuhre annahm. Die Bauern dankten ihm sogar noch für seine Gutherzigkeit, denn ein eiskalter Schauer hatte sie überlaufen, als sie von der Kommission und der Einstellung des Fuhrbetriebs hörten, als sie daran dachten, welche Geldbußen sich aus dieser Verzögerung für sie ergeben würden.

Als sich die vertragliche Anlieferungszeit ihrem Ende zuneigte, erkannte Josef, daß er seine Verpflichtungen nicht einhalten werde. Fünf Paar Ochsen hatte er abgeschunden, brauchbaren Nachwuchs hatte er keinen, er mußte andere kaufen, – die Arbeit in der Landwirtschaft und auf den Feldern sollte ja auch noch erledigt werden. Den ganzen Wald hatte er abgeholzt – alles vergeblich. er hatte bei weitem nicht so viel Holz, wie er verkauft hatte – und er hatte geglaubt, nur die Hälfte verkauft zu haben! Die Sorgen lasteten wie schwarze Wolken auf ihm; in schlaflosen Nächten weinte er, rang die Hände. Und die Frau sagte dazu: »Dummkopf! Ich hab's doch gewußt, daß du eigentlich zu gar nichts taugst! So sorgst du für deine Familie! An den Bettelstab kommen wir noch deinetwegen, du Versager, du! So hast du dich reinlegen lassen! Wer würde das glauben. Der Gauner Lešanský hat ihn schon einmal angeschmiert, und er läßt sich auch noch zum zweiten Mal von ihm einwickeln!«

Und so weiter, Tag um Tag, wenn er zu Tode erschöpft nach Hause kam, suchte er vergeblich Ruhe. Und endlose Vorwürfe, weil er nicht den ganzen Besitz verkaufen, weil er nicht ins gesegnete Bayernland ziehen wollte, wo das Geld am Wege liegt, wo Weizen wächst und das Vieh doppelt so viel wert ist.

Als Josef klar war, daß das Holz aus seinem Wald nicht ausreichte, entschloß er sich, den fehlenden Teil dazuzukaufen. Das Holz aus den fürstlichen Waldungen bekam er für einen regelrechten Pappenstiel, der Neubrunner Förster verkaufte ihm tausend Ster, aber der Transport! Vier Stunden auf schier unpassierbaren Wegen bis zur Judenwiese. Die Frist war bereits am Ablaufen, und noch nicht ein Ster von dem angekauften Holz war dort, wo er sein sollte. Der Angestellte von Herrn Rosenduft spuckte schon Gift und Galle; Herr Rosenduft, an den sich Josef mit der Bitte um Fristaufschub wandte, war für ihn nicht einmal zu sprechen. Es kam zum Prozeß, einer beschuldigte den anderen, die Verhandlungen zogen sich ins Unendliche. Dazu kam noch Josefs Schwester, die an seinem Grundbesitz, als Hypothek eingetragen, einen Anteil von fünftausend Gulden hatte, ihre Mitgift. Ihr Mann hatte auch Holz an Herrn Rosenduft verkauft und steckte ebenso in der Klemme wie Josef. Der hatte kein Geld, und sie forderten es von ihm ein.

Nach zwei Jahren endete der Rechtsstreit zu Josefs Ungunsten. Die Strafen für die Nichteinhaltung des Termins, die Gerichtsgebühren, was man ihm dafür abzog, daß er vorgegeben hatte, mehr Holz zu liefern, daß der Ersatz den vereinbarten Preis nicht wert gewesen wäre, das alles belief sich auf so viel, daß ihm nach Abzug der vorausbezahlten dreitausend, welche für das Abholzen des Waldes, den Transport und den Kauf des fehlenden Holzes draufgegangen waren, noch ungefähr viertausend Gulden übrigblieben.

Es war ein Wunder, daß Josef vor Schrecken nicht verrückt wurde, als er das Urteil begriffen hatte. Wie ein Irrer rannte er nach Bergreichenstein, wo sich Rosenduft gerade aufhielt, und schnurstracks zu ihm.

»Das darf nicht sein! Das ist unmöglich!« stöhnte er. »Mein lieber Herr, mein Wald, mein herrlicher Wald! Und so eine Schinderei! ... Tränen stürzten ihm aus den Augen.

Herr Rosenduft empfing ihn freundlich, sein Gesicht strahlte vor Wohlwollen.

»Beruhigen Sie sich, Herr Wurm,« sagte er in mitfühlendem Ton, »und hören Sie ruhig zu, was ich Ihnen sage: Schuld an allem sind Sie selber. Wer hat Ihnen denn gesagt, daß Sie prozessieren sollen? Als Sie damals zu mir kamen, wegen der Verlängerung des Vertrags, war ich völig mit Arbeit überlastet – Sie hätten ein anderes Mal kommen können, nach vierzehn Tagen, nach drei Wochen. Bin ich denn ein Tiger, daß man mit mir nicht reden kann? Ich bin ein geduldiger Mensch, der jedem gut gesonnen ist. Sie jedoch sind, wie vom Teufel geritten, zum Gericht gerast ... Schauen Sie, Herr Wurm, ich bin Kaufmann und muß meine Fristen genau einhalten. Solche Geschäfte wie mit Ihnen hab' ich zu Hunderten. Was wäre, wenn jeder so wie Sie handeln, wenn keiner den Termin einhalten würde, was würde da aus mir? Wie sollte denn dann ich meinen Pflichten und Verbindlichkeiten gerecht werden? Aber damit Sie sehen, daß ein gutes Wort bei mir immer den Weg zum Herzen findet, verzichte ich auf zwei Tausender, die mir von der Strafe, die Sie für Fristversäumnisse zahlen müssen, gerichtlich zugesprochen worden sind. Jetzt sehen Sie, daß ich aus der Sache mit Ihnen keinen Profit herausschlagen will.«

Der freundliche Herr Rosenduft setzte sich an seinen Tisch, kritzelte etwas auf ein Blatt Papier, gab es Josef und sagte dazu: »Gehen Sie zur Kasse und lassen Sie sich 6820 Gulden und 34 Kreuzer auszahlen! Ich denke, daß wir uns damit gütlich geeinigt haben.«

Bei Josef drehte sich alles im Kopf; er wußte nicht mehr, ob er sich höflich bedanken, sich weiter ärgern oder an seinem Schicksal gänzlich verzweifeln sollte. Er verbeugte sich zweimal, dreimal auf seine Art und wankte durch die Tür des prachtvoll eingerichteten Zimmers hinaus. Man konnte hören, wie er schweren Schrittes die Treppe hinunterstapfte.

Zu Hause fingen für ihn neue Kämpfe und Qualen an. Als Annamirl vom Ausgang des Prozesses erfahren hatte, kreischte sie, daß einem die Ohren weh taten:

»Du Narr! Da hast du's – der Wald ernährt einen! Am Bettelstab bist du, und ich Unglückselige mit dir! Was hab' ich mich abgerackert! Die Ochsen hast du uns nicht gegeben, wie wir sie gebraucht hätten, damit wir ernten und rechtzeitig die Kartoffeln hätten heimbringen können. Jetzt ist die Hälfte von ihnen erfroren. Und du wirst weiter sagen, daß es hier gut ist. – Ich bleib' nicht hier! Ich geh' zur Mutter! Verdammte Gegend! ...«

Die alte Austragsbäuerin, Josefs Mutter, weinte herzzerreißend in ihrer Kammer; die Schwiegertochter hatte ihr den ganzen Tag lang vorgeworfen, daß sie einen Taugenichts und Waschlappen großgezogen hätte.

Und erst die alte Michlin – war das ein Spektakel, als sie kam, und die Tochter ihr sagte ...

Josef zahlte die Schwester aus, und ihr Schwiegervater holte das Geld ab. Es besteht gar kein Zweifel daran, daß es wieder dort landete, woher es gekommen war, in der Kasse des biederen Herrn Rosenduft. Dem Unglücksraben Josef blieben kaum mehr als zwölfhundert Gulden übrig. Dafür kaufte er Ochsen und Wagen, bezahlte die Steuern und verschiedene kleinere Schulden, die dadurch entstanden waren, daß er die Landwirtschaft lange Zeit vernachlässigt hatte.

Nicht lange danach saß er eines Abends ganz verzweifelt bei seinem Schwiegervater in Schätzenreith. Michl blinzelte und schnupfte wie immer.

»'s wird ein harter Winter,« sagte Josef.

»Ja, wird's,« versetzte Michl. – Pause.

»Annamirl will nicht am Hof bleiben, angeblich kommt sie zu Euch zurück.« Michl nahm eine neue Prise – wiederum Pause.

»Habt Ihr's gehört? Sie will mir davonlaufen.«

Michl schnupfte wieder, dann sagte er wegwerfend: »Kein Wunder. Laß sie laufen, 's ist nicht schad' um sie.«

»Aber ich will nicht! Schließlich ist sie meine Frau.«

»Dann bind sie halt an!«

»Blödsinn – eine Frau anbinden, so was macht man nicht.«

»Dann kann ich dir nicht helfen; wer seine Frau nicht halten kann, der soll nicht heiraten. Ich halt' die Meine.«

Wieder Pause, nach geraumer Zeit fing Josef erneut an: »Hört mal, Alter, Annamirl will, daß ich verkaufen und ins Bayerische ziehen soll. Was sagt Ihr dazu? Ihr kennt Euch dort aus. Ist's dort besser?«

»Besser, schlechter, wie man's nimmt,« antwortete Michl mit der Eindeutigkeit eines delphischen Orakels, »so wie's einer grad will. Schlechter ist's nicht.« Lange Zeit sagte keiner ein Wort, schließlich unterbrach Michl das Schweigen und fragte: »Hast schon einen Käufer?«

»Das ist's ja, bis jetzt noch nicht. Aber Ihr könntet's doch kaufen. Annamirl meint, daß Ihr's kaufen würdet.«

Michl blinzelte besonders auffallend, fuhr sich mit der Hand über den Kopf und sagte: »Ich? Ja was denn, hab' ich überhaupt Geld für so was? Keinen Kreuzer hab' ich, bloß meine Frau hat eins.«

»Ich bitt' Euch, erzählt das sonst wem, aber nicht mir! Warum verstellt Ihr Euch so vor mir?«

Michl stand auf. »Jetzt wär' ich dir gut genug, Bursch', was? Und in Berg droben und in Písek, da hast mich in der Patsche sitzen lassen – ja, ja, damals hast du mich eingetaucht, und mit der Hochzeit hast auch nicht gewartet, bis ich zurück war! Und jetzt soll ich dir deinen Hof abkaufen, nachdem du deinen Wald kaputtgemacht hast. Du bist schlau! Daß du von dem Wald überhaupt nichts hast, ist deine Schuld – diesmal warst du der Dumme!«

Alle weiteren Überredungsversuche Josefs erwiesen sich als nutzlos; der alte Michl blinzelte nur tükkisch und schwieg hartnäckig. Josef ging weg, ohne etwas ausgerichtet zu haben. Zu Hause nahmen das Gekeife und die Vorwürfe kein Ende. Nach vierzehn Tagen machte sich Josef wieder auf den Weg zu Michl. Nach langem Herumreden tat Michl endlich so, als hätte er sich erweichen lassen und bot Josef im Namen seiner Frau siebentausend Gulden für den Hof und den Grund mit allem Vieh, mit allem, was dort stand oder lag. Sie stritten dann nur noch um ein Paar Ochsen, doch darum feilschten sie volle vier Wochen lang, bis Josef gewann und die Ochsen behalten konnte.

Das Ende von der Geschichte war, daß Michls Frau den Hof des ehemaligen Freirichters für ihren Sohn kaufte, der zu jener Zeit etwas über zwanzig Jahre alt war und gerade beim Militär diente. Michl vermittelte daraufhin dem Josef einen hübschen Hof im Bayerischen, im fruchtbaren Donautal zwischen Passau und Straubing.

Mit seiner teuren Annamirl, drei Kindern und dem Paar Ochsen, das er seinem Schwiegervater abgerungen hatte, übersiedelte Josef rasch dorthin. Dem Schwiegervater gab er fünfhundert Gulden dafür, daß er ihm zu dem Hof verholfen hatte – 18 000 Gulden kostete er – zahlte sechstausend an, die Restschuld wurde als Hypothek ins Grundbuch eingetragen. Ein glänzendes Geschäft!! ??

Solange Jakob, Michls Sohn, noch Militärdienst leistete, bewirtschaftete der Alte den Hof. Als Jakob zurückkam, zog der Vater in den Austrag, und der Junge widmete sich der Landwirtschaft. So war der Hof des Freirichters, viele Generationen hindurch vom Vater auf den Sohn weitervererbt, in fremde Hände gekommen, in die Hände des Sohnes von einem Wucherer und Schmuggler. Trotzdem hörte die Sonne nicht auf, über dem Hochwald auf den Hängen des Bucherberges aufzugehen und auch weiterhin hinter dem Dürrnberg mit seinen kahlen, grauen Flanken zu versinken. Die Wälder rauschen, und die Wasser brausen wie früher – und doch ist es anders.

* * *

Vor zwei Jahren war ich oben in Rehberg zur Kirchweih an Mariä Himmelfahrt. Mit der Prozession aus Bayern war ein älterer Mensch gekommen, grauhaarig, mit tiefen Falten in der Stirn und eingefallenen Augen. Seine Hände zitterten, und sein Gang war vor Ermattung unsicher. Er ging zur Hauswaldkapelle, um dort zu beten. Ob ihn die Muttergottes getröstet hat?

Dieser Mensch war Josef Wurm. Wir waren alte Bekannte [Untertreibung aus dichterischer Freiheit; der alte Freirichter und der Vater des Autors waren Brüder, die beiden also Vettern ersten Grades]. Ich fragte ihn, wie es ihm so gehe. Er zuckte mit den Schultern und erzählte mir, daß er viele Kinder habe, neun im ganzen, und daß es dort in Bayern arg schlimm sei, seit das alte Deutsche Reich aus langem Schlummer wiedererwacht sei. Steuern und Abgaben seien angeblich ein Graus – und andere sagten mir, daß es schlecht um Josef stehe, er habe nicht richtig gewirtschaftet; habe nicht begriffen, daß dort manches anders sei als hier. Außerdem habe er mit viel zu hohen Schulden angefangen und werde in allernächster Zeit unter den Hammer kommen und dann angeblich ausgewiesen werden. ... Seine alte Mutter hat diesen Kummer nicht mehr miterleben müssen, sie schläft den ewigen Schlaf in fremder Erde.

Aber Jakob, Michls Sohn, soll es gut gehen. Er hat die Buchen in seinem Wald gefällt und daran ein paar Tausender verdient. Angeblich hat er sogar schon flüssiges Bargeld.

Am Abend sprach irgendein Mensch, der schon seit zehn Jahren in Brasilien lebte, im Wirtshaus über die Vorteile und Freuden der dortigen Heimat. Wer hier bleibe, sei ein Narr, dort sei gut leben. Die Hälfte der Einwanderer sterbe zwar an Krankheiten und an den Anfangsnöten, aber wer das durchstehe, dem gehe es dort drüben großartig.

Josef hörte ihm andächtig zu, dann unterhielt er sich lange mit dem Brasilianer. Am Schluß sagte er: »Irgendsoein Tausender wird mir ja vielleicht doch übrigbleiben. Mit der Frau und den Kindern zieh' ich dorthin. Dann entgehen die Buben wenigstens dem Militär. Das hier soll alles der Teufel – !«

Um ihn herum stritt man sich über die Vorzüge und Fähigkeiten verschiedener Advokaten und Richter.

Weihnachten unterm Schnee

»Vánoce pod sněhem«

Diese Zeilen schreibe ich zur Erinnerung an Verstorbene und zum Preis noch Lebender, die in der Not geholfen und im Unglück Trost gebracht haben. Ich schreibe sie, damit meine lieben Leser, die in Glück, Ruhe und Wohlstand mit ihren Lieben die Geburt des Herrn feiern, auch an jene denken, denen Schicksal und Umwelt alles genommen ...

Ich gehe in die Vergangenheit zurück, erfinde nichts dazu, berichte bloß die ungeschminkte Wahrheit. In einer Hinsicht haben sich die Verhältnisse bis heute nicht geändert; was sich damals ereignet hat, kann jederzeit wieder geschehen.

Vor fünfzig Jahren gehörten die Glashütten in Hurkenthal und Böhmisch-Hütten, im Herzen des Böhmerwaldes gelegen, der Familie Abele. Dieses Geschlecht hat, solange es blühte, so viel Gutes getan, daß sicherlich bei zahlreichen Leuten noch manches davon in lebendiger Erinnerung geblieben ist ... Doch das Rad des Schicksals drehte sich weiter ... die Abeles wurden in alle Winde zerstreut, starben, vergingen ... Womit haben sie das verdient, wessen haben sie sich schuldig gemacht, daß ihr leuchtender Stern untergegangen ist? ... Vergebens wirst Du danach fragen, niemand antwortet Dir darauf.

Weiter! Immer weiter! Lautet die Losung allen irdischen Lebens und Seins ... nichts bleibt bestehen, alles verändert sich, alles rast in halsbrecherischem Tempo dahin, es gibt kein Halten, kein Verweilen, kein Einsehen, kein Erbarmen.

Und wie im Urwald auf den Leichen entwurzelter Bäume aus Moder und Staub von hundert Generationen neues Leben erwächst, treibt, blüht, reift und wieder stirbt, so kommen und gehen im Strom der Zeit auch die Menschen, Einzelne wie ganze Familien, Stämme und festgegründete Gemeinschaften. Aus deren Arbeit und Hoffnung ziehen andere Nutzen und Gewinn, bis der schwindelerregende Sog der Zeit auch diese fortreißt und verschlingt.

Vor mehr als fünfzig Jahren also [es muß zwischen 1840 und 1845 gewesen sein] saß man im Herrenhaus in Böhmisch-Hütten beisammen und feierte die Geburt Christi. Auf dem Weihnachtsbaum brannten Wachskerzen, die Kinder klatschten in die Hände und hüpften vor Freude über die so reich ausgefallenen Geschenke. Und im großen Saale, im Licht funkelnder Kronleuchter, saßen an der langen Tafel stattliche Herren und schöne Damen ... ein glückliches Jahr war's gewesen, das alles erdenklich Gute gebracht hatte.

Ziemlich viele Gäste waren da versammelt – die Gastfreundschaft pflegte hier unbeschränkt und so herzlich zu sein, daß sie mit nichts vergleichbar war – unter ihnen war auch ein junger Doktor der Medizin, der gerade sein Studium abgeschlossen hatte und jetzt in diesem menschenleeren, unheimlichen Bergland, dessen Sohn er war, seine ärztliche Laufbahn beginnen wollte.

Im Kreis dieser guten und freundlichen Menschen war ihm wohl ums Herz. Wie es hier üblich war, gingen die Reden munter hin und her. Man sprach gerade von weihnachtlichen Bräuchen in verschiedenen böhmischen und ausländischen Gebieten.

»Sie sind ein Bauernsohn, Doktor, nicht wahr?« fragte eine der anwesenden jungen Damen, »ein echtes Böhmerwäldler Kind. Was haben denn Sie am Heiligen Abend zu Hause in den künischen Freibauernhäusern gegessen?«

»Zwetschgenmus, gnädiges Fräulein! Jawohl, Zwetschgenmus, und darauf hab' ich mich immer das ganze Jahr über gefreut. Solang' ich in Klattau ins Gymnasium ging, hab' ich mein Zwetschgenmus noch jedes Jahr bekommen, und während all der Jahre, in denen ich an der Hochschule studiert habe, mußte ich zu Weihnachten immer daran denken. So wahr ich lebe, nichts hat mir mehr geschmeckt als das.«

»Weihnachten, Doktor!... Gott selbst hat dieses Fest für die Kleinen vorbereitet, die er so geliebt hat, als er noch auf Erden ging. Und wie haben Sie während Ihrer Studienzeit an der Universität Weihnachten verbracht?«

»Sehr armselig, Gnädigste, zum größten Teil allein, wie man so sagt, in stillen Kämmerlein. Ich hatte keine gute Unterkunft, ich mußte mich arg einschränken. Nur ein einziges Mal wurde ich eingeladen, zu einer wohlhabenden Wiener Bürgerfamilie, deren Kinder ich unterrichtete. Doch auch diese Freude wurde mir damals verdorben, weil ich dem Schoßhündchen auf die Pfote getreten war. Die Frau des Hauses nahm mir meine Unachtsamkeit derart übel, daß sie die Einladung widerrief und mir als Hauslehrer kündigte.«

Der Doktor lächelte, die Damen und Herren ebenfalls.

»Heute«, fügte der Doktor hinzu, »begehe ich zum ersten Mal den Heiligen Abend im herrschaftlichen Kreise.«

»Nun, viel Erfolg, Doktor!« rief einer der jüngeren Herren, »auf daß es Ihnen bei uns gut gefalle, und daß Sie eine lange Reihe von Jahren Weihnachten mit uns feiern werden. Darauf müssen wir anstoßen, sobald der Wein gebracht wird!«

Der Doktor verbeugte sich dankend.

»Sechs Uhr ist's schon«, sagte die Hausfrau. »Irgenwie haben wir uns verspätet. Wir haben erst die Suppe gegessen«.

In diesem Augenblick klopfte jemand an. »Das wird der Herr Lehrer sein – der kommt gern spät – Herein!«

Herein kam ein Kleinbauer, geblendet blieb er auf der Schwelle stehen. Vor lauter Verlegenheit zerquetschte er seine Lammfellmütze in der Hand.

Schließlich raffte er sich zu einem Gruß auf: »Der Herr möge Ihnen allen ein glückliches Fest geben, gelobt sei Jesus Christus!« »In alle Ewigkeit, Amen«, wurde ihm geantwortet. Herr Ferdinand Abele eilte herbei. »Komm nur rein, Franzl! Was bringst du uns denn?«

Der Kleinbauer trat ein, und hinter ihm ein Junge, etwa zwölf Jahre alt, ärmlich gekleidet, blau vor Kälte, der seine geröteten Hände warmzureiben suchte.

»Bei Gott, gnädiger Herr, nichts Gutes. Ein Unglück ist geschehen. Vielleicht geruhen Sie ihn zu kennen – den Mayer Seppl aus Hohenstegen. Der arme Kerl! Er war im Wald um Holz, hat sich einen Haufen auf den Schlitten geladen und ist heimgefahren. Der Weg ist schlecht, das reine Glatteis. Wie er den Berg runterfährt, reißt ihm die Bremskette, die Ochsen können die Fuhre nicht halten, und der Seppl ist unter den Schlitten gekommen. Der hat ihm den Oberschenkel gebrochen und noch dazu das Fleisch aufgerissen. Schrecklich zum Anschauen!«

Alle hatten sich von der Tafel erhoben und einen Kreis um den Sprecher gebildet. Der berichtete weiter: »Zum Glück ist hinter ihm noch ein zweites Fuhrwerk gekommen und das hat ihn nach Haus' gebracht. Anders wär' er im Wald erfroren. Ich weiß aber nicht, wie's ausgehen wird – er hat eine Menge Blut verloren. Und dieser Bub hier, sein Sohn,« – Franzl zeigte auf den Jungen, der die ganze Zeit herzzerreißend weinte – » ist zu mir gelaufen und hat mich um Gottes Willen angefleht, daß ich mit ihm herfahren soll. Hier bei Ihnen ist angeblich irgendein Doktor. So bin ich also hergefahren, die Ochsen stehen draußen.«

Der Arzt trat jetzt neben den Bauern und forschte ihn nach allen Einzelheiten aus. Die Kinder drängten sich um den Jungen, dem jede der Damen etwas zusteckte: Kuchenstücke, einen Wollschal, Geld, Kleidungsstücke, Spielsachen; sein Lebtag hatte er solch einen Reichtum nicht besessen, ja, noch nicht einmal gesehen. Und immer noch höher wurde der Berg von Geschenken. Der Junge hörte zu weinen auf, völlig verwirrt von all den Schätzen, bestaunte die Lichter und die Pracht um ihn herum.

»Sie müssen's für Gottes Lohn machen«, sagte Franzl, »Bezahlung gibt's keine, der Seppl ist bettelarm.«

Wortlos ging der Doktor, um alles Notwendige herzurichten. So warm, so behaglich war es in dieser liebenswürdigen Gesellschaft, aber sein Beruf war ihm heilig.

Sechs Uhr ist es jetzt. Nach Hohenstegen geht man eine Stunde. Eine Stunde wird er dort brauchen, dann noch eine Stunde für den Rückweg. Um neun kann er wieder hier sein. Bis dahin wird die Gesellschaft noch nicht auseinander gegangen sein, er wird noch genug davon mitbekommen.

»Essen Sie noch rasch zu Abend!« forderte ihn die Hausfrau auf und wies gleichzeitig die Bediensteten an, alle Speisen unverzüglich herbeizuschaffen.

»Unmöglich, das geht nicht«, wehrte der Doktor ab, »wenn ich zurück bin, wird mir alles viel besser schmecken.«

Er wickelte sich in seinen Fellmantel, ging hinaus, und gleich darauf hörte man von draußen: »Wüah! Hot!« Langsam zogen die Ochsen an, das mit Stroh ausgepolsterte Gefährt setzte sich in Bewegung – die Ketten klirrten, die eisenbeschlagenen Räder ratterten. Eine herrliche Winternacht; hoch am Himmel stand der Orion mit seinem goldenen Schwert, am südlichen Firmament strahlte der Sirius fast ebenso hell wie der Mond. Aber kalt war es, bitter kalt, und der Wind kam von Norden. Als der Doktor merkte, daß der Junge vor Kälte zitterte, wickelte er ihn in seinen Fellmantel und ging selbst, um sich warm zu machen, zu Fuß hinter dem Wagen her.

Den halben Weg hatten sie hinter sich. Sie spürten, daß der Wind immer stärker wehte. Eisige Nadeln trieb er vor sich her. Der Doktor musterte den Himmel: nach Norden zu war er nicht mehr blank; der Polarstern war verschwunden, das glänzende W der Kassiopeja auch. Die alten Fichtenbäume ächzten, aus ihren Wipfeln fielen Unmengen von Schnee herab.

Der Bauer trieb seine Ochsen an. »Die Armen, sie können schon kaum mehr!« sagte er halb zu sich selbst, »schließlich haben sie sich schon seit der Früh' genug abgerackert.«

Es dauerte keine Viertelstunde, da brach urplötzlich ein furchtbarer Schneesturm los. Hochgewirbelte Schneemassen verdichteten sich zu grauen Wolken, hinter denen der Himmel verschwand, die Luft selbst schien sich in dicke, weiße Flocken zu verwandeln, die in Strudeln rotierten, wie spitze Nadeln ins Gesicht stachen, einem völlig die Sicht raubten und den Weg so zuschütteten, daß er nicht mehr zu erkennen war. Dennoch kam der Arzt mit seinem Führer unter unsäglichen Mühen nach Hohenstegen – verstreute, ärmliche Katen, in einer von denen der Verunglückte lag. Der Bauer schrie gegen den Sturm, daß er für eine Stunde heimfahre, danach wiederkomme und den Doktor nach Böhmisch-Hütten zurückbringe, daß nach einer Stunde das Unwetter vielleicht vorüber sein werde. Der Doktor hörte, wie er in Nacht und Schneesturm seine Ochsen antrieb; weit hatte er's nicht, knapp zweihundert Schritte.

Zusammen mit dem Jungen betrat der Arzt die niedrige Hütte, öffnete die Stubentür. Stickige, mit Dampf übersättigte Luft wie in einer Sauna schlug ihm entgegen. Auf einem Bett im Winkel – auf fünf Schritte konnte das Auge in diesem Dunst nichts mehr erkennen – lag der Verletzte und stöhnte vor Schmerzen. Die Frau stopfte ein Holzscheit ums andere in den total überhitzten Ofen, und die lodernden Flammen warfen ihr Licht auf die Tränen, die über ihr verhärmtes Gesicht flossen.

Der Doktor untersuchte den Zustand des Schwerverletzten, wobei ihm die Frau stumm mit einem brennenden Buchenspan leuchtete. Oberschenkel gebrochen und zersplittert – die Rißwunde immer noch blutend. Das Gesicht des Unglücklichen war totenbleich, die Augen quollen aus ihren Höhlen. Der Arzt tat sein Möglichstes, um die Blutung zum Stillstand zu bringen, doch das gebrochene Bein ließ sich ohne Unterstützung nicht einrichten. Dem Doktor floß der Schweiß von der Stirn, dem Verletzten bereitete jede Berührung schreckliche Schmerzen. »Allein kann ich das nicht schaffen«, sagte der Arzt zu der Frau, »gehen Sie zu den Nachbarn, sie sollen mir helfen und das Bein halten, damit ich die Knochenenden in die richtige Stellung zueinander bringen kann.«

Die Frau verließ die Stube, der Doktor hörte, wie sie draußen die Haustür entriegelte. Auf einmal schrie sie gellend auf; der Arzt eilte ihr nach. Da stand sie, rang die Hände. Durch die geöffnete Tür ergoß sich eine Schneelawine in den Hausflur, als ob sich eine weiße Wand hereinwälzte. Nur mit Mühe schafften es die beiden, die Tür wieder zu schließen.

»Barmherziger Jesus! Es geht nicht – wir können nimmer raus, wir sind völlig eingeschneit«, jammerte die unglückliche Frau. Der Arzt überzeugte sich selbst, es war wirklich unmöglich. Die Schneemassen schlossen das Haus so fest ein, daß man nicht mehr nach draußen gelangen konnte, daß auch das Heulen des Sturmes nur mehr gedämpft ans Ohr drang. Offensichtlich wurde jetzt gerade sogar das Kaminloch zugeweht und verstopft, denn aus allen Ritzen und Öffnungen des Ofens begann dichter, beißender Rauch zu quellen, der rasch sowohl die Stube als auch die anderen Räume füllte, so daß ihnen nichts anderes übrig blieb, als das Feuer im Ofen zu löschen, damit sie nicht erstickten.

Sie öffneten die Tür zum Hausflur, in dicken Schwaden stieg der Qualm in den Heuboden hinauf

Die Frau zündete einen Buchenspan an, der den Raum mit flackerndem Licht erhellte. Der Kranke lag still atmend auf seinem Lager, wie sich der Rauch verzog, schien er sich wohler zu fühlen.

Da holte der Junge die Leckereien und Spielsachen, die man ihm mitgegeben hatte, aus seinen Taschen; drei kleinere Geschwister umringten ihn. Sie lachten, klatschten in die Hände, waren von dem, was sie sahen, ganz außer sich. Wer hatte sein Lebtag lang schon so etwas gesehen! ... und wie das schmeckte! ... das war süß! Mein Gott, von so viel Gutem und Schönem hatten sie noch nicht einmal geträumt. Sie schnatterten durcheinander, jauchzten, vergaßen alles rund um sich, sogar die Kälte – mit dem Rauch war ja auch die Wärme abgezogen – sogar den sterbenden Vater. Auch die Frau staunte mit weit aufgerissenen Augen und vergaß für eine Weile ...

»Oh Gott! Oh Gott!« stöhnte der Schwerverletzte auf seinem Lager. Der Arzt trat hinzu, ihn fror, er war vollkommen durchgeschwitzt gewesen, und jetzt dieser Wechsel. Er gab dem Leidenden ein Mittel ein, um die Schmerzen zu verringern.

In der Stube wurde ein Span um den anderen angezündet, brannte ab. Eintönig gleichmäßig tickte die Uhr an der rauchgeschwärzten Wand. Wiederholt hatte die Mutter schon die Kinder aufgefordert, endlich schlafen zu gehen; sie wollten nicht, konnten sich an den Spielsachen nicht satt sehen.

Der Arzt, welcher eine unbestimmte Zeit lang gedankenverloren beim Tisch gesessen hatte, erhob sich und ging wieder zu dem Verletzten hinüber. Der lag regungslos da. Der Doktor tastete nach seiner Hand – sie war kalt – der Ärmste war tot.

Weinend preßte die Frau seinen Kopf an sich, die größeren Kinder begannen herzzerreißend zu jammern und warfen die Spielsachen weg. Nur das kleinste Mädchen, ungefähr zwei Jahre alt, schwenkte sein Püppchen mit dem goldglitzernden Gewand und jauchzte laut.

Von dem Halter, in dem der brennende Buchenspan steckte, fiel der letzte Glutrest in das wassergefüllte Schaff darunter und versank zischend. Es wurde stockfinster, das kleine Mädchen konnte seine Flitterpuppe nicht mehr sehen und fing an, jämmerlich zu schreien. Der Doktor zündete selbst einen neuen Span an, dann schaute er auf seine Uhr, es war kurz vor Mitternacht.

Er ging zur Tür im Hausflur. Draußen wütete der Schneesturm noch ärger als vorher, an ein Hinausgehen war überhaupt nicht zu denken, man hätte einen Tunnel durch den Schnee graben müssen. Er dachte an Franzl, der ihn hergebracht hatte. Wer weiß, war er überhaupt noch nach Hause gekommen? Lag er nicht gar mit seinem Gespann unter einer weißen, kalten Schneedecke begraben? Da half nichts. Bis zum Morgen mußte der Doktor hierbleiben, zusammen mit dem Toten, den weinenden Kindern, der völlig verzweifelten Frau; in der finsteren, kalten Stube.

Stunde um Stunde schlich dahin; die Kinder schliefen endlich doch ein; die Frau kauerte bei den Füßen des Toten; gleichmäßig tickte die Uhr an der Wand, von draußen war gedämpft das Heulen des Sturmes zu hören.

Der Doktor wickelte sich in seinen Fellmantel, legte sich auf die Bank und versuchte einzuschlafen. Er schlief ein. Ein Traum gaukelte seinen geschlossenen Augen abwechselnd mal heitere, mal grausame Bilder vor. Ihm war, als weile er unten in Böhmisch-Hütten, im erleuchteten Saal unter fröhlichen Menschen, reizenden Frauen – dann wieder schien es ihm, als sause er auf einem riesigen Schlitten eine steile Bahn hinunter, und unten säßen Leute in der Spur, glotzten blöde auf den wie ein Geschoß heranfliegenden Schlitten und rührten sich nicht von der Stelle. Er rief sie an, brüllte, sie sollten ausweichen, doch sie hörten seine Stimme nicht. Und der Schlitten raste in die dichtgedrängte Menge hinein und zermalmte alle. Der Doktor glaubte, entsetzliches, verzweifeltes Schreien zu hören, Schnee zu sehen, der von all dem Blut ganz rot wurde ... Er erwachte, sein Kopf schmerzte, um ihn Finsternis und Stille wie in einem Grab. Er ritzte ein Streichholz an, schaute auf die Uhr, es war neun.

Leise kam die Frau zu ihm. »Mein Gott«, flüsterte sie, »gnädiger Herr, in diesem Elend, in diesem

Grauen hier bei uns...« Und wieder brannten die Buchenspäne.

Gern hätten sie im Ofen Feuer gemacht, doch der Schornstein war mit Schnee verstopft.

Die Kinder wachten auf, weinten abwechselnd und suchten Trost bei den Spielsachen, aßen dabei die Leckereien auf.

Wiederum schlich eine Stunde um die andere dahin. Die Sonne – wenn es überhaupt noch eine gab – stand sicher schon hoch am Himmel, aber hier drinnen herrschte Finsternis, wie in einer sternenlosen Nacht im Keller. Und in einem Winkel der Stube, wo das zuckende Licht des Spans nicht hinreichte, lag der Leichnam. Wahrhaftig, schrecklich und grauenhaft war's hier.

Die Frau ging in den Stall zum Melken und gab den zwei mageren Kühen Futter. Lauwarme Milch, dazu ein Stück Schwarzbrot, das war alles, was der Doktor am ersten Weihnachtsfeiertag zu essen bekam; an dem Tag, an dem Millionen freudig ergriffener Menschen sangen: »Ehre sei Gott in der Höhe, und Frieden den Menschen guten Willens ... ...«

»Oh du Schmerzensreiche!« wehklagte die Frau, »ohne einen Seelsorger ist er gestorben, in seinen Sünden ist er verschieden ... ...«

»Gott ist gnädig«, tröstete sie der Arzt, »er erbarmt sich seiner ...«

Sie begannen zu beten. Laut und inbrünstig beteten sie, der Doktor mit ihnen.

Und wieder zogen sich die Stunden ins Endlose. In der Stube wurde es kälter und kälter, um sich aufzuwärmen, gingen sie in den Stall.

Und wieder wurde es Nacht. Ungebrochen wütete der Sturm weiter, gedämpft drang sein Tosen zu ihnen herein. Die Kinder hatten keine Süßigkeiten mehr, das Christbrot hatten sie auch schon aufgegessen. Ihnen war schrecklich zu Mute, sie wimmerten zum Gotterbarmen.

Eine weitere Nacht verstrich, und noch ein Tag, und wieder eine Nacht und noch ein Tag. Bei dem Toten auf seiner Liegestatt hatte die Verwesung eingesetzt, ein entsetzlicher Leichengeruch ging von ihm aus. Die ganze Familie und mit ihr der Doktor zog sich in den Stall zurück, in dem man sich kaum noch umdrehen konnte. Im Finstern hockten sie dichtgedrängt beieinander, einer am andern; in dieser Finsternis mußten sie die Zeit verbringen, denn im Stall konnten sie keine Späne anzünden. Das waren grauenhafte, schreckliche Stunden, vielleicht sogar die allerentsetzlichsten, denn während der letzten vierundzwanzig Stunden drang nicht einmal mehr das Heulen des Sturmes durch die Schneemassen zu ihnen hinein.

Da, am vierten Tag, während sie in tiefem Schweigen, an ihrem Schicksal verzweifelnd, eng aneinandergepreßt im Stall saßen und schon nahe daran waren, alle Hoffnung aufzugeben, schien es dem Doktor, als hätte er irgendwelche Stimmen gehört. Alle standen auf und tasteten sich an den Wänden entlang in den Hausflur. Wahrhaftig, es war keine Sinnestäuschung gewesen, Hilfe nahte. Laut riefen draußen Leute. »Hierher! Hierher!« brüllte der Doktor mit derart donnernder Stimme, daß die Kinder vor Schreck zu weinen anfingen.

Näher und näher hörte man die Geräusche kommen, welche die Schaufeln der Retter verursachten. Schließlich öffnete sich die Tür. Ein Lichtstrahl fiel von draußen zu ihnen hinein, ein leuchtender Strahl der Sonne aus einem blanken, wolkenlosen Himmel, so hell, so blendend, daß er den Eingeschlossenen Tränen in die Augen trieb. Licht! Licht! Nach viertägiger grauenvoller Nachtfinsternis! Arbeiter von der Glashütte in Böhmisch-Hütten waren es, die schon länger als vierundzwanzig Stunden geschuftet hatten, um einen Weg zu bahnen und sich zu ihnen hin durchzugraben. Mehrere Meter hoch lag der Schnee rund um die Hütte, die vollständig zugeweht worden war. Vom Dach nicht, nicht einmal vom Schornstein war auch nur eine Spur zu erkennen. Unten im Tal hatte man angenommen, der Doktor wäre unterwegs vom Schneesturm überrascht worden, es könne gar nicht anders sein, als daß er unter den Schneemassen begraben liege. Sie waren ausgezogen, seinen Leichnam zu bergen. Er lebte jedoch! Er lebte! Welche Freude! Was für ein Wunder! Was für ein Glück!

Den Verstorbenen transportierte man ab. Erst in Hurkenthal konnte man ihn in einen Sarg legen und nach Christenart zur ewigen Ruhe betten.

Der Nachbar-Franzl hatte es noch geschafft, nach Hause zu kommen, dann war auch er eingeschneit worden. Da sein Haus jedoch besser geschützt stand, wurde es nicht so tief unterm Schnee begraben. Am dritten Tag war er aus eigener Kraft nach draußen gekommen. Doch obwohl er so nahe wohnte, hatte er den Weg zu seinem verunglückten Nachbarn nicht freimachen können.

Der Familie des verstorbenen Seppl nahmen sich die Abeles an. Den Kindern und der Frau erwiesen sie viel Gutes und trockneten die Tränen der Witwe und der Waisen.

Von denen, die an jenem Weihnachtsabend in Böhmisch-Hütten gewesen waren, lebt zumindest noch eine der noblen Frauen – vielleicht erinnert sie sich gar nicht mehr an jenes Ereignis. Ich glaube aber fest daran, daß ein Gott im Himmel ist, der nichts vergißt, der gerechter belohnt als es Gesellschaften und Menschen zu tun pflegen.

Und der junge Arzt, welcher das erste Weihnachtsfest, seit er den Doktorgrad erlangt hatte, auf diese Weise erlebte, war mein eigener Vater.

Du, lieber Leser, wirst es mir nicht verübeln, daß ich Dir davon zu seinem Andenken erzählt habe.

Karl Faustin Klostermann (1848 – 1923)
sein Lebenslauf im Überblick

15.02.1848 als erstes von den zehn Kindern des Dr. med. Josef Klostermann (aus Schlössel-wald/Hrádky) und der Frau Charlotte, geb. Hauer (aus der Hurkenthaler Glas-meisterdynastie Abele) zur Welt gekom-men

1865 Matura (=Abitur) in Písek

1865 - 1870 zehn Semester Studium der Medizin in Wien, ohne Abschluß; Zwei Versionen als Erklärung:

a) Finanzielle Notlage des Vaters

b) starke Kurzsichtigkeit macht ihn unfä-hig zu genauem Diagnostizieren

1871 Hauslehrer in Nordböhmen

1872 - 1873 Arbeit als Journalist in Wien bei der Zeitschrift »Wanderer«

1873 »Supplent«, d. h. nicht fest angestellter Gymnasiallehrer auf Probe für Franzö-sisch und Deutsch an der deutschen Re-alschule in Pilsen – nach fünf Jahren de-finitiv verbeamtet, »Professor«, bleibt dort bis zu seiner Pensionierung

1875 – 1898 erste Ehe, mit Marie Carmine, Deutsche

1885 Beginn der Veröffentlichung seiner in Deutsch geschriebenen Erzählungen in der Zeitung »Politik«

1890   »Böhmerwaldskizzen« – erstes und einziges in Deutsch geschriebenes Buch, erhoffter Erfolg bleibt aus; »Rychtářův syn« (»Der Sohn des Freirichters«), erste Veröffentlichung in tschechischer Sprache

1892   »Ze světa lesních samot« (»Aus der Welt der Waldeseinsamkeiten«), erster Roman, der gleich mit dem Preis der Tschechischen Akademie ausgezeichnet wurde

1898   Tod seiner ersten Frau (im Januar) Eheschließung mit der tschechischen Fabrikantenwitwe B. Juranková (im Dezember)

1901 – 1919 In dieser Zeit erscheinen zehn von den insgesamt vierzehn tschechischen Romanen sowie zehn Sammelbände mit Erzählungen; fünf dieser Romane erhalten den Jahrespreis der Tschechischen Akademie

ca. ab 1907 einer der neun Ratsherren des Stadtrats von Pilsen, Referent für Gesundheitswesen, Volksbüchereien und Lesehalle, Mitglied der Kommission für Tourismus

ab 1919   Klostermann genießt Wohnrecht auf Lebenszeit im Schloß Steken/Štěkná des Fürsten Windischgrätz

16. 7. 1923 gestorben, großes Ehrenbegräbnis in Pilsen.

Nachwort

»V srdci šumavských hvozdů«/»Im Herzen des Böhmerwaldes« lautet der Titel des ersten der insgesamt 14 Sammelbände von Klostermanns Erzählungen, der im Jahre 1896 von J. R. Vilímek in Prag veröffentlicht worden ist. Daß Klostermanns Verleger damit einen guten Griff getan hatte, beweist die Zahl von insgesamt elf Auflagen, welche dieser Band erreicht hat, die letzte davon im Jahre 1971. Beim Erscheinen von »V srdci šumavských hvozdů« war Klostermann aber schon längst kein Unbekannter mehr für das tschechisch-sprachige Leserpublikum. Bereits zweimal hatte er, der Deutsche, welcher tschechisch schrieb, den Jahrespreis der Tschechischen Akademie erhalten, und zwar 1892 für »Ze světa lesních samot«/»Aus der Welt der Waldeseinsamkeiten« und 1895 für »Za štěstím«/»Dem Glück hinterher«. Dazwischen, nämlich 1893, war »V ráji šumavském«/»Im Böhmerwaldparadies« erschienen, ein Roman, der zwar nicht den Akademie-Preis erhalten, aber zwölf Auflagen erlebt hat.

Das alles innerhalb von nur vier Jahren, und nun also der erste Sammelband. Unter dem Titel »Im Herzen des Böhmerwaldes« sind insgesamt elf Erzählungen vereinigt worden, von denen jetzt sieben – übersetzt – hier vorgelegt werden.

Bei seinen anderen Sammelbänden hat Klostermann in der Regel den Titel der (meist) umfangreichsten Erzählung auch als Buchtitel verwendet, nicht so bei »Im Herzen des Böhmerwaldes«. Damit gibt der

185

Autor einen Hinweis darauf, daß diese Erzählungen bei ihm einen besonderen Stellenwert haben, genauso wie das »Herz des Böhmerwaldes«.

Einmal ist dieses »Herz« die Mitte des geographischen Raumes »Böhmerwald«, zugleich auch der am ursprünglichsten erhalten gebliebene Teil der Region, in etwa begrenzt durch die drei B: Buchwald/ Bučina, Böhmisch Eisenstein/Železná Ruda und Bergreichenstein/Kašperské Hory, heute fast vollkommen zum »Narodní Park Šumava« gehörig.

Zum zweiten war dieses Gebiet der Rayon, welchen Dr. med. Josef Klostermann medizinisch zu versorgen hatte, der geliebte und verehrte Vater, der für den schreibenden Sohn eine nie versiegende Quelle an Stoffen, Motiven und Begebenheiten für »Geschichten aus dem Böhmerwalde« war.

Und drittens war es das Gebiet, von dem Klostermann wirklich sagen konnte, daß er hier »... *mitgelebt und mitgefühlt habe mit der Natur und den Menschen ...*« («Heiteres und Trauriges aus dem Böhmerwalde«, S. 27) was für ihn immer eine unabdingbare Voraussetzung war, um überhaupt schreiben zu können. Mit den Orten Rehberg/Srní und Schlösselwald/Hrádky als Mitte war dies nämlich auch die Heimat der weitverzweigten Klostermann-Sippe, wo der Autor nicht bloß regelmäßig einen großen Teil seiner Schul- und Semesterferien verlebt hat, sondern wohin er auch als erwachsener, berufstätiger Mann immer wieder zurückgekehrt ist.

Die Inhalte aller hier vorgelegten Erzählungen lassen sich am besten mit Klostermanns eigenen Worten wiedergeben:

»*Ich beschreibe das Herzstück des Böhmerwaldes, dessen Natur und den harten Kampf, den der Mensch bestehen muß, den das Schicksal in diese Region hineinverpflanzt hat.*«

(Aus dem Vorwort zu »Kam spějí děti«/»Was aus den Kindern wird«, 1901)

Kürzer kann man die Inhalte der Erzählungen nicht formulieren, in denen es immer wieder um den Überlebenskampf Böhmerwäldler Menschen gegen die manchmal geradezu mörderischen Umweltbedingungen geht, manchmal auch um Auseinandersetzungen der Menschen untereinander. Doch auch die Tiere und die Pflanzen, der Wald in seiner Gesamtheit, stehen in einem immerwährenden Überlebenskampf, einerseits gegen das rauhe, harte, teilweise lebensfeindliche Klima der Region, andererseits gegen die Menschen selbst, welche aus den verschiedensten Gründen, von Unvernunft bis Raffgier, ihre Existenz gefährden. Klostermanns An- und Bemerkungen dazu sind häufig von einer Aktualität, die beinahe beängstigend wirkt.

Wie bereits gesagt, Inhalt von diesen Erzählungen ist stets » ... *der harte Kampf, den der Mensch bestehen muß* ...« die Grund-Tonart ist daher konsequenterweise immer Moll. Trotzdem gibt es in jeder Erzählung aber auch Anlässe zum Schmunzeln. Selbst in den traurigsten Geschichten klingt noch Klostermanns Humor an, zwar oft subtil und verhalten, aber unüberhörbar. Bloß einige Beispiele: In »Der Sohn des Freirichters« die Figur des Winkeladvokaten Lešanský, Josefs Auftritt vor dem Bergreichensteiner Bezirksgericht und das Sittsamkeitszeugnis, welches der Freirichter Wurm dem »Spagat« genannten Schmuggler ausstellt. Bestimmt war es auch dieser spezifisch Klostermannische Humor, der dazu beigetragen hat und immer noch beiträgt, daß die Werke dieses Böhmerwaldschriftstellers so gern gelesen wurden und auch heute noch werden.

Die Menschen, Lebensverhältnisse und Begebenheiten, die Klostermann seinen Lesern schildert, sind niemals Fiktion, sondern, wie es so schön heißt, »aus dem Leben gegriffen«. In verschiedenen Vorworten zu seinen Werken betont Klostermann wiederholt, daß er sich nichts ausdenkt, nichts erfindet, daß er die handelnden Personen sämtlich persönlich gekannt hat, und oft sind es sogar seine leiblichen Verwandten, die in der Erzählung eine wichtige, wenn nicht gar die Hauptrolle spielen. In »Das rote Herz« ist »...*ein Bauernbursche, wesentlich älter als ich* ...« der Gewährsmann, welcher dem Autor die Geschichte der Steinzen-Agnes erzählt – wer mehr von Klostermanns Werken kennt, weiß, daß dies einer der Söhne seiner Tante, der »alten Basel«, also einer seiner Vettern gewesen sein muß. Der uralte Austrägler, der sich noch an die napoleonischen Kriege erinnern kann und in »Die epidemische Augenkrankheit« die Leute von Schlösselwald mit seinen Prophezeiungen beunruhigt, ist Klostermanns Onkel, seines Vaters ältester Bruder, der das unglaubliche Alter von 97 Jahren erreicht hat. In »Der Sohn des Freirichters« erzählt Klostermann Familiengeschichte: der »letzte Freirichter« ist ein weiterer Bruder des Vaters, und Josef Wurm, der Sohn, welcher erst den Wald und dann auch noch den Hof auf törichte Art verliert, ist ein Vetter ersten Grades unseres Autors. Das bedeutet, daß auch dann Tatsachen berichtet werden, wenn die Geschehnisse kein Ruhmesblatt in der Geschichte der großen Klostermann-Sippe darstellen. Schließlich, die Hauptfigur von »Weihnachten unterm Schnee« ist Klostermanns Vater selbst, der von 1862 bis zu seinem Tode im Jahre 1875 der erste Arzt von Bergreichenstein/Kašperské Hory war. Dr. Klostermann war verheiratet mit der letzten Enkelin des Herrn Ferdinand Abele aus der Hurkenthaler Glasmeisterdynastie.

Da das Gebiet, in dem die Erzählung spielt, rein deutsch besiedelt war, konnte es dort keinen spezifisch tschechischen Dialekt geben. Daher läßt Klostermann den Bauern Franzl und die Frau des Verunglückten in der tschechischen Schriftsprache reden.

Klostermanns Erzählungen weisen aber auch noch einen ganz anderen Inhalt auf. Da sich der Autor nichts ausdenkt und nichts erfindet, außerdem literarhistorisch als Realist/Naturalist einzustufen ist, enthalten seine Erzählungen viele, genaue, oft sehr detaillierte Ausführungen zur Arbeit, zu Sitten, Brauchtum und Denkweisen. Nur ein paar Belege dafür: Die Volksfrömmigkeit am Beispiel der Hauswaldkapelle in »Das rote Herz«, neben der aber der Aberglauben wie in »Der Zauberer« auch noch sehr lebendig ist; die »Gebrauchsanweisung« zur Herstellung von Schnupftabak und die Beschreibung eines Leichenschmauses in »Der Sohn des Freirichters«. In der Zeit der kommunistischen Herrschaft in der ehemaligen ČSSR haben einige Kritiker daran Anstoß genommen und Klostermann einen langweilig-lehrhaften Stil mit unnötigen Leerläufen anzukreiden versucht. Ob zu recht oder nicht, ist Geschmackssache. Unumstößliche Tatsache aber ist folgendes: Heute gibt es keinen deutsch besiedelten Böhmerwald mehr. Es gibt zwar noch ehemalige Böhmerwäldler mit einer noch lebendigen Erinnerung an jene Zeit, doch deren Zahl nimmt rapide ab. Proportional umgekehrt dazu müssen Klostermanns »lehrhafte Passagen« im Wert steigen, denn sie sind authentische und unersetzliche Zeugnisse dafür, wie es »Im Herzen des Böhmerwaldes« einmal gewesen ist und nie wieder sein wird.

Innerhalb dieser sieben ausgewählten Erzählungen nimmt »Rychtářův syn«/»Der Sohn des Freirichters« eine Sonderstellung und im Leben des Autors sogar eine Schlüsselstellung ein. 1890 hatte Klostermann seine »Böhmerwaldskizzen« im Selbstverlag herausgebracht – das waren die ersten 16 der insgesamt 33 Folgen seiner Feuilleton-Serie »Heiteres und Trauriges aus dem Böhmerwalde« gewesen, veröffentlicht in der Prager Tageszeitung »Politik«. Doch was dem zeitunglesenden Publikum gefallen hatte, kam bei den Bücher-Lesern nicht so recht an. Letztere hatten bisher nur den Böhmerwald Adalbert Stifters gekannt, einen »heiligen Hain«, in dem das »Sanfte Gesetz« waltete, wo noch der letzte Holzknecht eine edle Sprache sprach. Mit dem Böhmerwald Klostermanns, herb, rauh, grausam, ja mörderisch, mit Leuten, die davon geprägt waren und unverfälschten Dialekt sprachen, der urwüchsig, derb, bestimmt nicht immer edel war, konnten die Leser nichts anfangen – der erhoffte Erfolg mit den »Böhmerwaldskizzen« blieb aus. In jener Zeit der tiefsten Enttäuschung erreichte den Autor eine Anfrage des Herausgebers der renommierten Zeitschrift »Osvěta«, ob Klostermann vielleicht auch tschechisch schreiben könne. So etwas war in Böhmen damals nicht ungewöhnlich, die 1860 erschienene und über Jahrzehnte beste Beschreibung des Böhmerwaldes, »Der Böhmerwald – Natur und Mensch«, Carl Bellmann's Verlag, Prag, deutsch geschrieben, stammt von Professor Jan Krejči, einem Tschechen. Klostermann beantwortete die Anfrage mit der umfangreichen Erzählung »Rychtářův syn«, und die Veröffentlichung in »Osvěta« fand eine sehr wohlwollende, positive Aufnahme. Aus diesem Grunde schrieb Klostermann seinen ersten Roman »Ze světa lesních samot«/ »Aus der Welt der Waldeseinsamkeiten« auch tschechisch und erhielt auf Anhieb für sein Erstlingswerk den Jahrespreis der Tschechischen Akademie. Wen wundert es da noch, daß er, der Deutsche, der bei seinen tschechischen Lesern so viel Anklang fand, damit verbunden natürlich auch finanziellen Erfolg hatte, weiterhin in dieser Sprache schrieb, die er ja sowieso wie eine zweite Muttersprache beherrschte.

Seine Entscheidung, nur mehr in tschechischer Sprache zu veröffentlichen, hat ihm unter den Klassikern der tschechischen Erzähler einen festen Platz eingebracht. Daran hat auch der Vorwurf einiger national-tschechischer Rezensenten und Kritiker nichts geändert, daß die handelnden Personen seiner Prosa Deutsche seien (Vgl. dazu das Vorwort zur ersten Auflage von »Kam spějí děti«/»Was aus den Kindern wird«!). Selbst die »ethnische Säuberung des Böhmerwaldes«, die Vertreibung von 1945/46/47, hat Klostermann unbeschadet überstanden. Im Gegenteil, er, der bisher von stramm deutsch-national Gesonnenen mit Erfolg totgeschwiegen worden war, erhielt nun die Ehrungen, die ihm schon längst zugestanden hätten: Klostermann-Gedenktafeln, Klostermann-Straßen und -Plätze, Klostermann-Zimmer in Museen u.s.w. gibt es im Böhmerwald erst, seit Klostermanns Landsleute nicht mehr dort ansässig sind.

Gerold Dvorak

Deutsch – tschechisches Ortsnamenregister

Klostermann verwendet zur Bezeichnung von Orten, Bergen, Gewässern usw. die zu seiner Zeit üblichen deutschen Namen, die nach 1945/46 von den tschechischen Landkarten getilgt worden sind. Zur Orientierung auf heutigen Karten werden, soweit möglich, hier die entsprechenden tschechischen Bezeichnungen angegeben:

Adamsberg	Adamová hora (1177m)
Ahornsäge	Javoři pila
Antigel	Antygl, ehem. künischer Freibauernhof, der Berg (1253 m), deutsch gleichen Namens, heißt heute »Sokol«
Außergefild	Kvilda
Bergreichenstein	Kašperské Hory, bei den Böhmerwäldlern oft auch nur abgekürzt »Berg« genannt
Brennter Berg	Spálený (1013 m), nahe bei Rehberg/Srní
Buchwald	Bučina
Fallbaum	Javoří (1138 m)
Gayerruckberg	Gayruk
Goldbrunn	Zlatá studna, existiert nur noch als Flurname
Großhaid	Velký bor, nur mehr Flurname, Ort existiert nicht mehr
Grünberg	Zelená hora, Flurname, Ort existiert nicht mehr
Haidl	Zhůří, neue Siedlung um Militärflugplatz, der alte Ort existiert nicht mehr

Hartmanitz	Hartmanice
Hauswaldkapelle	existiert nicht mehr, stand am Abhang des Kostelní vrch, südlich des Schwemmkanals, eine halbe Gehstunde südlich von Rehberg
Hohenstegen	Vysoké lávky, Ortschaft existiert nicht mehr
Hurkenthal	Hůrka
Innergefild	Horská Kvilda
Judenwiese	Židová louka, bei der Vinzenz-Säge
Kaltenbrunn	Ortschaft existiert nicht mehr
Karlsburg	Hrad Kašperk, nördlich von Bergreichenstein
Kiesleiten	Hora Křemelna (1125 m)
Kieslingbach	Křemelná, häufig auch »Kieslinger« genannt
Kinitz-Tettau	Vchínice-Tetov, der größte Teil der Ortschaft existiert nicht mehr
Kundratitz	Kundratice
Langendorf	Dlouhá Ves
Mader	Modrava
Moldauquelle	Pramen Vltavy
Preisleiten	existiert nicht mehr, lag östlich von der Straße Mader-Antigel/Modrava-Antygl
Pürstling	Březník
Rachel	Roklan (1452 m)
Rehberg	Srní
Sattelberg	Sedlo
Schachtelei	Povydří– der schönste Teil des Widra-Tals

Schätzenreith	Rokyta, (manchmal auch Schätzová Mut' genannt)
Schlösselwald	Hrádky (von dort stammt der Vater des Autors)
Schüttenhofen	Sušice
Schwemmkanal	Plavební kanál
Seckerberg	Horky, nur noch Flurname, Ort existiert nicht mehr
Seeberg	existiert nicht mehr, lag auf halbem Weg zwischen Stubenbach/Prášilý und Neubrunn/Nová studnice
Sonnberg	existiert nicht mehr, lag östlich von Stubenbach
Stadeln	Stodůlky, existiert nicht mehr, lag am Westabhang des Kiesleiten Berges/Hora Křemelná
Stillseifenbach	Hrádecký potok
Stubenbach	Prášilý
Unterreichenstein	Rejštejn
Vinzenz-Säge	Čeňkova Píla
Weitfäller Filz	Rokytecká slat' oder auch »Weitfellerský revír«
Widra	Vydra
Winterberg	Vimperk
Wottawa	Otava

Auf der Wanderkarte des »Klubu Českých turistů« Nr. 65, Šumava Povydří und auf der Topographischen Karte 1 : 50 000 L 6946 – Hirschbach vom Bayerischen Landesvermessungsamt München sind nahezu alle im Buch genannten Orte zu finden

Inhalt

Karel Klostermann
Böhmerwaldskizzen
Mit einem Nachwort von Gerold Dvorak
176 Seiten, Leinen

Die »Böhmerwaldskizzen« sind das einzige Buch, das
Karel Klostermann in Deutsch veröffentlicht hat.
Auf einer Wanderung von Eisenstein/Železna Ruda
zu den Moldauquellen/Pramen Vltavy erzählt er seinem »lieben Leser« Geschichten über Orte und Menschen von den langen und harten Wintern, von der
Mühsal der Arbeit, den Schrecken der Natur aber
auch von der Schönheit der Wälder und Moore.

*»Wer also Interesse am altböhmischen Land hegt, der
begebe sich an Klostermanns Hand, um einzutauchen
in diese vergangene Welt – ihm steht eine lohnende
Wanderung bevor.«* Landshuter Zeitung

Verlag Karl Stutz

Karel Klostermann
Heiteres und Trauriges aus dem Böhmerwald
Herausgegeben und mit einem Nachwort versehen
von Gerold Dvorak
174 Seiten, Leinen

Unter dem Titel »Heiteres und Trauriges aus dem
Böhmerwald« hat Klostermann eine Feuilletonserie
in einer deutschsprachigen Zeitschrift veröffentlicht.
Den ersten Teil davon hat er als »Böhmerwaldskizzen« selbst als Buch herausgegeben. Da das Buch
kein großer Erfolg war und sein Autor inzwischen in
tschechischer Sprache publizierte, blieb der zweite
Teil nach der Zeitschriftenausgabe ungedruckt. Hier
nun sind diese Texte zum ersten Mal als Buch veröffentlicht.
Mehr als im ersten Band geht Klostermann auf das
deutsch-tschechische Verhältnis ein. Er, der deutsch
und tschechisch schrieb, versucht im Nationalitäten-
konflikt zu vermitteln: »Ich sehe nicht ein, warum
man nur dann deutsch sein und sein deutsches
Stammvolk lieben könnte, wenn man zugleich seinen
slawischen Nachbarn haßt und verdächtigt, seinen
Nachbarn, mit dem uns eine tausendjährige Geschichte, Bande des Blutes, gemeinsame materielle
Interessen, dieselben Begriffe von Recht und Ehre,
kurz, alles verbindet, was den Begriff der weiteren
trauten Heimat ausmacht.«

Verlag Karl Stutz